# 持續狩獵史萊姆三百年，不知不覺就練到 LV MAX 10

Morita Kisetsu
森田季節
illust. 紅緒

## 亞梓莎・埃札瓦（相澤梓）

本書主角。一般以「高原魔女」之名為人所知。
轉生成為永保十七歲容貌，長生不老魔女的女孩（？）。
不知不覺中變成世界最強，也遭遇過不少麻煩，
但因此擁有了家人，非常開心。

堅持下去就是力量。
我只做能堅持下去的事情！

好，今天
吃些什麼好呢？

## 哈爾卡拉

精靈女孩，亞梓莎的徒弟。是懂得活用蘑菇的知識，
經營公司的優秀社長。但在高原之家，
只是不分場合「出包」，專門負責耍寶的角色。
本書刊載的外傳「精靈飯」的主角。

持續狩獵史萊姆三百年，
不知不覺就練到LV MAX
10
Morita Kisetsu 森田季節 illust. 紅緒
She continued destroy slime for 300 years
©Benio

這一次由這三人參戰吧！
幫妳們加油！
席羅娜妹妹，加油喔！
和我結婚吧！
©Benio

連我們都受到觀眾矚目……
吾人不擅長這種場面……
擺個姿勢吧！
麻煩隊員也照過來！
龍族女孩也很可愛呢！
©Benio

藍龍女孩
芙拉托緹
©Benio

原宿……？
？？？
這裡是哪裡呢？

試著將妳傳送到亞梓莎小姐以前生活的時代吧～嘿～♪
SHE LOVES EATING!
精靈飯
持續狩獵史萊姆三百年，不知不覺就練到LV MAX
—外傳小說—
©Benio

# Contents


參加**點心慶典**
007

遇見**奇怪的占卜師**
057

與**乾女兒**前往冒險家大賽
099

與乾女兒參加**冒險家大賽**
124

參加敦布拉公的**桃子慶典**
161

**冷卻了**古代文明
192

芙拉托緹變得**認真了**
224

**卡片社會**即將到來
247

外傳小說
精靈飯

在地料理會出現**初學者殺手**
這種當地特有的規則吧？
270

即使來到**人生地不熟的異國**，
肚子還是會餓吧？
296


Story by Morita Kisetsu Illustration by Benio

She continued destroy slime for 300 years

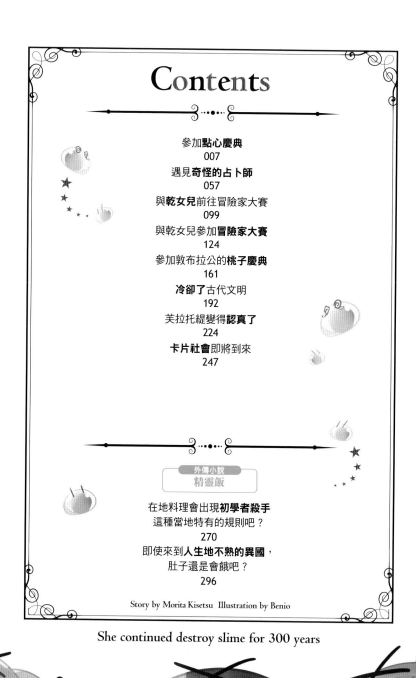

## 法露法＆夏露夏

史萊姆的靈魂凝聚而誕生的妖精姊妹。姊姊法露法是坦率面對自己心情的天真女孩。妹妹夏露夏則是關懷入微又善解人意的女孩。兩人都非常喜歡媽媽亞梓莎。

媽媽～媽媽～！最喜歡媽媽了！
……即使身體沉重，內心也要保持輕盈。

亞梓莎大人，今天吾人依然會誠心誠意，努力精進！
芙拉托緹比萊卡更加努力喔！

## 萊卡＆芙拉托緹

住在高原之家的紅龍&藍龍女孩。萊卡是亞梓莎的徒弟，努力不懈的好孩子。芙拉托緹是服從亞梓莎的元氣女孩。同樣都是龍族，所以一直在各方面較勁。

## 別西卜

人稱蒼蠅王的高等魔族，魔族農業大臣。宛如姪女般疼愛法露法與夏露夏。頻繁往來於魔界與高原之家。是亞梓莎足以仰賴的「姊姊」。

小女子名叫別西卜！是魔族國度的農業大臣!!

## 桑朵菈

曼德拉草女孩。生長了三百年，最後成為具備意識還會活動的個體。是不折不扣的植物，棲息在高原之家的家庭菜園內。雖然常固執己見又愛逞強，卻也有害怕寂寞的一面。

我只是生長在庭園內而已喔！吼～！

我會一直跟隨大姐的！

## 羅莎莉

居住在高原之家的幽靈少女。欽佩不避諱身為幽靈的自己，更伸出援手幫助的亞梓莎。雖然能穿牆，卻碰不到人，還可以附身在別人身上。

## 悠芙芙

屬於水滴妖精（水系妖精的一種）。具備連亞梓莎都拉攏的最強包容力。是大家最愛管閒事的媽媽。

隨時都可以喊我媽媽喔？

## 席羅娜

在法露法&夏露夏之後誕生的史萊姆妖精。警戒心很強，視亞梓莎為乾媽，不太親近。已經是一流的冒險家，十分活躍，不過有偏愛白色的奇特喜好。

乾媽，世界應該呈現一片銀白色才對！

既然活在世界上，就該對輸贏斤斤計較啊。

## 艾諾

視亞梓莎為前輩般仰慕，長生不老的「洞窟魔女」。具備優秀配藥技術，個性卻不喜歡讓別人見到自己的努力，因此業績不振。在亞梓莎勸說後改頭換面，但經常與同行哈爾卡拉產生衝突。

## 穆穆・穆穆

綽號小穆，是惡靈國度「死者王國」的國王，也是早已滅亡的古代文明之王。厭倦死氣沉沉的人民（惡靈）而當起繭居族，不過與亞梓莎和羅莎莉交流後於重返社會（？）。個性很像關西人，喜歡使勁吐槽。

只要有趣就來者不拒，有趣的人才是最強的。

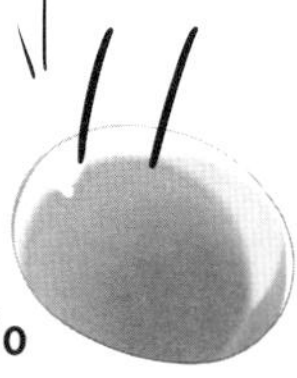

© Benio

# 參加點心大賽

She continued destroy slime for 300 years

「來喔，是點心喔。有點心吃囉～」
別西卜在晚上帶著一個大盒子登門拜訪。
裡頭裝著全套的烤點心。
以地球的點心形容，應該接近瑪德蓮蛋糕或費南雪蛋糕。
中世紀歐洲應該沒有瑪德蓮蛋糕，不過應該在哪裡有類似的點心。反正這裡是不同的世界，無妨。
「哇～！別西卜小姐，謝謝妳經常招待！最喜歡妳了！」
「噗……太強了……直擊心扉哪……」
法露法的一句「最喜歡妳了」差一點就擊倒了別西卜。
竟然能擊倒高等魔族，我家女兒也真是厲害。
「這是在王都也是歷史悠久，聖騎士點心店賣的烤點心。非常有名的一款。」
夏露夏在品嘗之前，首先詳細檢視點心的資料。

「咦？在王都的店鋪買的，意思是這次不是魔族地區，而是人類地區的點心啊。」

一般而言，別西卜的伴手禮應該都會在魔族的地區購買。

「嗯，范德澤爾城外的知名店家商品，幾乎都買給女兒們當過伴手禮了哪。」

到底買過多少啊。還有她用『女兒們』這個稱呼，聽起來還是耿耿於懷。

「所以從這一次開始，改為人類地區的名店。女兒們以外的家人也儘管心存感激地享用吧。」

當然在別西卜這麼說之前，我、萊卡和芙拉托緹都已經開始吃了。

沒吃的人只有哈爾卡拉。

「晚餐喝太多酒了……現在吃東西的話肯定會反胃，所以得忍耐……」

「妳也該明白適量這兩個字的意思了吧……」

哈爾卡拉一點學習能力都沒有，為什麼總是在事後才不舒服呢。

「不是的，師傅大人。我知道什麼是適量，畢竟我也當了這麼久的精靈。只不過擋不住酒的誘惑，才會超過適量而已。」

「老實說，知道自己有這種毛病，反而更糟糕吧。」

錯愕的我身旁，別西卜似乎在抱怨。

「喂，芙拉托緹，別一下子吃那麼多！這是給女兒們的伴手禮耶！這下子都快吃光了哪！」

一旦和女兒們有關，別西卜經常比平時更嚴格。

「欸～？這麼小一塊，沒有一次吃五個哪能叫飯後甜點啊。」

排列在芙拉托緹面前的點心，的確多到讓人以為在比賽大胃王。

「妳啊，應該稍微客氣一點比較好。因為妳平常已經過著怠惰的生活了。」

同樣身為龍族的萊卡開口勸誡。

「拜託，萊卡妳也吃了很多哪……不過龍族的胃口都很大，還是睜隻眼閉隻眼吧……」

別西卜似乎各種放棄了。萊卡面前的確也放了三塊點心。基本上應該一人一個才對。

「夏露夏已經吃不下了。已經享受過奶油的濃郁味道，就到此為止。」

「法露法也很滿足囉～別西卜小姐，真的很謝謝妳！」

反而是關鍵的法露法與夏露夏姊妹胃口都很小，真是諷刺……

不過大家都很開心，就這一點可以說達成了伴手禮的目的。

點心就這樣由大家一塊不剩地享用完畢。

應該說，龍族二人組絕對會吃光剩下的點心，還得特地留下明天哈爾卡拉的份。

等她酒醒後再吃就好。

「真是美味。我芙拉托緹還可以再吃三百個。」

「芙拉托緹，這樣很厚臉皮喔。該說一百個才對。」

要吃這麼多，妳們乾脆直接進廚房去吃吧……

「咦，盒子裡有東西喔？」

法露法似乎在空了的盒子裡發現東西。

像是一小張傳單，法露法仔細看了一遍內容。

「媽媽，好像還有這種活動喔！」

我接過法露法遞給我的傳單。

讓我看看是什麼活動。

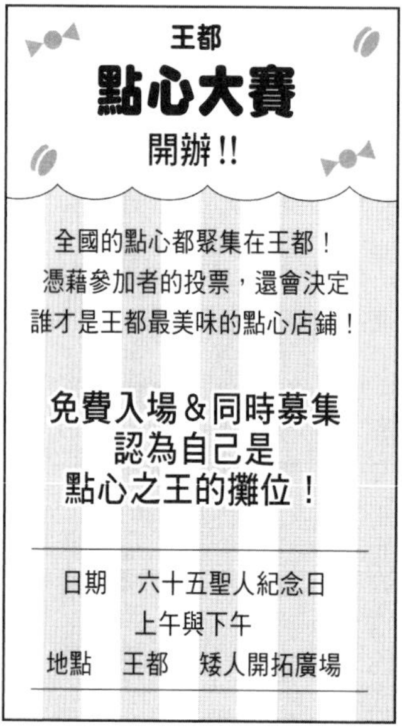

「點心大賽嗎……反正這個世界什麼都有，什麼都不奇怪……」

雖然沒有魔族誇張，但是人類王國搞怪的地方也不少。

而且理所當然，法露法露出期待的眼神。

看來她要說想參加這場活動。

對孩子而言，當然會想前往點心店鋪林立的場所。簡直就像夢想中的空間。

不過法露法的發言完全出乎我的意料。

「推出『食用史萊姆』參加這場大賽吧！」

居然來這一招！在大賽上擺攤嗎！

附帶一提，「食用史萊姆」是我想起豆沙包的製作方式，反覆嘗試錯誤後做出這個世界上第一個豆沙包。

利用烙印讓豆沙包呈現像史萊姆的臉（？），所以命名為「食用史萊姆」。

豆沙餡甜度適中，想吃幾個都沒問題。也非常適合配茶！

現在堪稱弗拉塔村的名產點心。

其實村子裡也沒有其他足以稱為名產的點心。

「話說回來，我也曾經是點心製作人呢……最近連製造都交給哈爾卡拉的店，完全忘得一乾二淨……」

每天自己製作後在店裡販售實在太麻煩了。而且這樣我的職業就不是魔女，而是點心師傅了。

所以平時我指導哈爾卡拉雇用的員工如何製作，讓他們在納斯庫堤鎮販售。我只有特別時刻或是心情好的時候才製作。

不過呢，點心大賽也可以算是特別時刻吧。

「夏露夏認為，這是讓『食用史萊姆』普及全國的絕佳機會。不應該錯過。」

夏露夏也有幹勁，那就非得參加不可囉。應該說即使我說不參加，看她們的氣勢，多半也會以個人名義出場。

其實我不怎麼希望「食用史萊姆」名聲遠揚。

如果太過出名，可能會變得很辛苦，導致無法慢活。

只是現在的氣氛已經容不得我說不。

**「這場比賽，有機會贏喔！法露法和夏露夏要以全國第一為目標！」**

法露法超級有幹勁！

這已經遠遠超越擺攤擺著玩的層次了。

她露出認真挑戰的表情。

「我不會阻止妳參賽，也會略為提供幫助。不過『食用史萊姆』好吃到足以成為全國第一嗎……不是要長他人志氣，但我不敢打包票。」

畢竟就是非常普通的豆沙包。

照理說這個世界幾乎沒有豆沙包，所以應該相當稀有。但我覺得沒有好吃到舉世無雙。

不如說可以輕鬆地享用，並且感受到微小的幸福——這才是豆沙包的任務吧（個人感想）。

連上輩子住在日本的時候，各地城鎮也都在賣「〇〇豆沙包」，但是味道差別並不大。有好幾次我收到旅行的伴手禮，嘗過當地的知名點心後，發現在其他地方也嘗過相同的滋味（終究只是個人感想）。

這樣是對的。豆沙包就該是這樣的東西（總之就是個人的想法）。

所以我的「食用史萊姆」也沒有要爭奪王國第一名。

而且還是魔女趁空閒時間，基於興趣製作的。要是贏過專注製作點心幾十年的師傅，也很過意不去。

「媽媽，讓『食用史萊姆』朝真正的全國第一為目標吧。法露法可不是靠氣勢誇下海口，而是有確實的自信喔。」

法露法抬手做出拱起二頭肌的姿勢，實際上並沒有二頭肌拱起。

「法露法真是有幹勁呢，讓媽媽感到有點意外。」

既然她這麼喜歡媽媽想出來的點心，就是最棒的。

「因為法露法與夏露夏有萊卡姊姊在啊！**只要萊卡姊姊幫忙待客，就能賣很多喔！**」

「原來打的如意算盤是這個啊！」

包括我在內，所有人的視線全都集中在萊卡身上。

「咦？吾人？不會吧？吾人嗎？要吾人……負責販售……？」

萊卡戰戰兢兢地以食指指向自己的臉。

大家跟著點頭。

連作客的別西卜也點頭示意。

沒錯，萊卡的待客水準高得誇張。真的超級厲害。

她的實力已經在「魔女之家」咖啡廳讓我們充分見識過了。

其實也不是多神的待客之道，純粹是萊卡的楚楚可憐特別引人注目。

第二年舉辦的「魔女之家」咖啡廳，不只是弗拉塔村，甚至有人從遠方前來看萊卡。已經算是一小股社會現象了。

如果讓她在大賽上發揮這股威力，肯定能貢獻不少業績。

這似乎是靠點心滋味以外的元素對抗……不過現在也無法突然改變點心的口味。

「夏露夏也拜託姊姊。請姊姊提供幫助。」

「萊卡姊姊，一起推廣『食用史萊姆』吧！」

女兒們比平時懇求得更積極。

不用說也知道，萊卡露出困惑的表情。

「吾人對這種事情不太行……」

只見她扭扭捏捏，吞吞吐吐地回答。這才是萊卡的本色。如果她這時候說「好！那就來吧！」我會認為是小穆附在她身上。

不過這時候，有人插了嘴。

「妳目前還在修行吧？那麼嘗試待客這種不擅長的領域，不是也可以提升自己嗎？」

別西卜，妳這番言論會不會太隨便啦……？

萊卡的確還在修行，但那是因為她想變強，和店鋪待客無關吧。如果這樣說得通，那麼在我上輩子的所有職業拳擊手為了變強，都得兼職當服務生了。照理說應該練習拳擊吧。

她的用意是幫女兒們說話。

只要能讓法露法和夏露夏開心，別西卜會做任何事。

不過為此強迫萊卡待客，總覺得不太對勁。

雖然說真的，我也想看萊卡待客的模樣。

「知……知道了。為了提升自己，吾人也參加吧！」

萊卡竟然接受了！

「呃，萊卡，如果不願意的話，其實不參加也無妨喔？而且總覺得和修行沒什麼關聯……」

後方的別西卜吐槽「難道妳不站在女兒這一邊嗎！那小女子可就接收囉！」不過我充耳不聞。

「不，因為不擅長就逃避的心情，會害自己無法變強。機會難得，吾人希望以良好的待客為目標！」

也太認真了吧。

真想用萊卡的指甲垢泡茶，給全國不認真的人飲用。（註1）

呃，泡指甲垢讓人喝，聽起來好像不正經的生意，似乎不太好……

販售點心負責待客又不可能受重傷。既然她本人誠心誠意要做，我也沒必要阻止她。

註1 日本諺語，意為效仿他人。

「謝謝妳，萊卡姊姊！」

法露法摟住萊卡表達喜悅。啊，好羨慕喔！

附帶一提，別西卜真的受到打擊地大喊「啊！萊卡，真是賊哪！」不過我也裝作沒看到。而且這本來就是她想的點子。

「法露法妹妹，吾人會努力的！」

「那麼就由法露法好好指點萊卡姊姊吧～」

法露法說出指點這兩個字。

雖然外表看起來有反差，不過法露法以前賣「食用史萊姆」時，也展現高度待客技巧。

很好奇她從哪裡學到這些技巧。該不會是靠家家酒吧？

所以讓她指點萊卡，應該沒有問題。

……不過我還是有點不安，況且是自己的女兒與徒弟，我也陪同吧。

「那麼馬上就從明天開始吧～！多多指教喔！」

「知道了！請多多指教！法露法妹妹師傅！」

這是什麼稱呼啊。

聽起來好像名叫「法露法妹妹」的藝人收的徒弟。

總之，決定讓萊卡跟著參加點心大賽。

◇

隔天早上起床，來到飯廳後——

見到換上女侍服的萊卡。

「啊，亞梓莎大人，早安！」

「原來拿出這件衣服來穿啊……雖然可以保養我的眼睛，但是要注意別太拚了喔。」

「目前沒有客人，不需要在意。」

萊卡的笑容給人勇往直前的感覺。

好耀眼！連看慣萊卡的我都覺得好耀眼！

「另外吾人從以前就對『食用史萊姆』感興趣，所以這是個好機會。」

感興趣是什麼意思呢？意思是想大吃一頓賣剩的豆沙包嗎……？

這時候法露法前來。

她同樣穿著女侍服。

「早安，萊卡姊姊，媽媽！」

不論穿什麼服裝，法露法都很有精神。可愛得很穩定。

「萊卡姊姊，今天法露法會教妳很多、很多事情喔！」

「好的！敬請多多指教！」
「聲音真有精神～！不過點心店員太卯足全力很奇怪，所以打招呼要更溫和一點喔～」
哦，指點出乎意料地確實呢。
話說回來，萊卡是進行類似武者修行的龍族。所以太有幹勁的話，音量會略為提高。
「不好意思……下次吾人會注意的……法露法妹妹師傅。」
『法露法妹妹師傅』這個用法聽起來還是怪怪的……
「沒關係，只要接下來學習就好～那麼法露法示範給姊姊看喔～嗯哼，嗯哼。」
法露法清了清嗓子。
「歡迎光臨～我們是『食用史萊姆』，南堤爾州弗拉塔村的名產點心『食用史萊姆』喔～外觀是史萊姆，但是又甜又好吃，要不要嘗試這種不可思議的感覺呢～？」
還真是能言善道呢……
萊卡佩服地「哦！」一喊。若是每天站店也就罷了，明明並非如此，竟然能說得這麼流利。這是法露法的隱藏才能呢。
「來，萊卡姊姊也試試看。」
「好，吾人也嘗試看看。」

在我看來，萊卡同樣完整地說出宣傳用的臺詞——

「說得很好～！不過表情有點僵硬喔～這一點改掉的話會更好吧～」

即使臉上露出笑容，法露法指點得很確實呢。

開始覺得好像走進了新人研習會場。

「要更加專注史萊姆，說得更可愛一點。想像Q彈Q彈的模樣。」

這個要求還真是特殊！

只有史萊姆妖精法露法才明白這句話的意思吧……

「Q彈Q彈嗎……原來如此……」

萊卡也憑自己盡力挑戰，不過陷入了苦戰。

是否專注於史萊姆姑且不論，整體而言萊卡的確缺乏從容，感覺還有點僵硬。

因為待客非常需要付出關懷吧……

像萊卡這樣過度認真的女孩，精神上可能會很疲憊。

另一方面，法露法則扮演店員，而且相當有模有樣。當成家家酒的延伸，自己才能對工作樂在其中。

嗯，待客也很深奧呢。

兩人就這樣忙到接近早餐時間，於是吃飽後再繼續練習當店員。

之後法露法繼續熱血（？）地指導。

「接下來模擬有客人上門的話，就向客人遞出試吃盒。像這樣，『請問要嘗一塊嗎～』高度要讓客人不會感到壓迫。」

原來要做到這種程度啊……

「請、請問要嘗一塊嗎……？法露法妹妹師傅，剛才這樣可以嗎？」

夏露夏中途也參加，但基本上只在一旁負手旁觀。

感覺很像教練。

「雖然在這個領域是外行人，但是夏露夏想發問。」

夏露夏悄悄舉起手。

「或許有可能造成客人恐懼，誤以為試吃後就一定要買。希望散發出誠心請對方試吃的感覺。」

這個要求還真困難。雖然我知道她想說什麼。

「各位，要不要試試看在附近放試吃用的盒子，讓客人可以躲避店員的視線品嘗呢？這樣就能毫無顧忌地吃了。」

我順著上輩子的記憶提出意見。

在大型伴手禮區，會設置幾個可以試吃的盒子，讓顧客毫無顧忌地享用。

至於客人會不會真的買，雖然有些微妙……不過伴手禮點心應該不是什麼驚人的美味，而像是旅行的紀念……

法露法與夏露夏望向我。

怎麼了？難道要說我的點子太天真嗎？

「這個點子不錯耶！真不愧是媽媽！」

「還提到別人的視線，這個意見很有意思。」

哦，受到稱讚了！身為母親感到有些開心。

「那麼必須巧妙地設置試吃用盒子。需要討論一番。」

「這就交給夏露夏吧。夏露夏應該比法露法客氣，只要是夏露夏不會在意的範圍，大家應該都沒問題。」

見到女兒們很有幹勁，我面露微笑。

不過有一點引起我的注意。

明明要賣點心，卻絲毫沒有提到口味的問題……

意思是販售點心，最重要的不是提升滋味，而是強化待客與展示。法露法覺得有機會，也是因為有萊卡幫忙。

宣傳比滋味重要。

我切身感受到如此露骨的商業手段。

不過「食用史萊姆」也藉由加上眼睛，看起來很像史萊姆以吸引目光……開發商品相當困難呢。

在這一點，我打從心底尊敬在工廠生產商品的哈爾卡拉。畢竟我根本不懂得經營企業。

附帶一提，哈爾卡拉原本預定當天晚上要享用別西卜的伴手禮。結果當天依然不小心喝太多，延到隔天早上……

◇

終於到了點心大賽當天。

做為會場的王都廣場，已經設置了幾座臨時攤位。

這方面的風景，與我上輩子在日本看過的大賽相去無幾。

在大賽總部則設置了大型投票箱。

購買商品後，會拿到寫了店名的投票用券。規則是如果吃過後覺得美味，就將票券放進投票箱。

另外如果假客人選定要捧的店家，一直在同一間店買個不停，會導致票數失真。

所以似乎有穿便服的警衛四處巡邏。

據說警衛是王國密探等相關人物。

讓他們在這麼悠閒的活動上工作，真的沒問題嗎？如果能解釋成王國非常和平就好……

我們也開始設置自己的攤位。

雖然早就預料到，不過我們比其他攤位更早完工。

「有萊卡在場，果然馬上就搞定呢。」

「吾人沒意識到自己擅長這種工作……但似乎的確比其他人快呢。」

龍族當然很有力氣，而且萊卡手很巧，連房子都會蓋。所以在非常短的時間就設置了臨時攤位。

——設置了寫著這些內容的招牌。

這是一開始「食用史萊姆」商品化販售時製作的。

那一次販售後，哈爾卡拉雇用了銷售人員，招牌似乎在那邊使用。

這次參加大賽的，有我、法露法與夏露夏兩人，還有萊卡與哈爾卡拉。哈爾卡拉算是長時間販售「食用史萊姆」的負責人，在場是當然的。

桑朵菈與羅莎莉沒辦法吃點心，所以不感興趣。她們兩人看家。

芙拉托緹也說每一項商品都太小了，不打算參加。因此她也看家。

沒辦法，如果要在一座攤位上擺放讓龍族填飽肚子的分量，一般人就無法享受大賽了……

另外別西卜臨時有工作，似乎無法前來。她之前來的時候好像說過，她們也要舉辦活動，所以準備很花時間。

又有其他攤位在設置。當然，顧客目前尚未入場。

「夏露夏，去偵察敵情吧！」

法露法牽起夏露夏的手。

「明白。了解對手就能了解自己，任何人都只能透過觀察他人以審視自我。所謂的自我，只不過是投影在別人身上的形象。那麼究竟有沒有絕對的自我呢。」

「夏露夏，不知不覺中變成哲學話題了喔。現在先別管那些，去視察吧。」

女兒們似乎充滿幹勁，跑到其他攤位去。

「為什麼會那麼專注呢……」

「師傅大人，肯定是因為小孩子最喜歡點心吧。就是這樣啦～」

「如果她們是普通小孩，或許哈爾卡拉這番話可以接受，但這次不算例外嗎……？」

「壽命一長，也會想嘗試做生意啊。我也是一樣。」

「我沒有做生意的經驗，所以無法感同身受。」

「自己當老闆的話，就算遲到也不會挨罵。也不會有不講理的上司……呵呵呵……」

哈爾卡拉表情的陰影愈來愈大片了！

「哈爾卡拉，記得妳很久以前在公司上過班吧？肯定很辛苦……」

畢竟我曾經過勞死，很明白個中辛酸。

「對啊……可以的話，請師傅大人摸摸我的頭……」

雖然覺得有點厚臉皮，但又不會少塊肉，於是我摸了摸她的頭。

「希望我的胸部也能變得和哈爾卡拉一樣大。」

「師傅大人，我的頭可沒有這麼靈驗，像神像一樣撫摸後會實現願望喔？」

我和哈爾卡拉悠哉地交談，但只有萊卡一個人表情緊繃。

「良好的待客……讓人留下印象的待客……為對方著想的待客……」
嘴裡不停地嘀咕呢……
看起來似乎太在意待客之道，導致累積了壓力。
「好，待客技術已經完美地精通了，接下來就等正式上場。可以的，可以的。」
雖然萊卡嘴上這麼說，表情卻很僵硬。
不如說，她好像難得這麼緊張。
要從事不習慣的事情，果然很辛苦呢。雖然對兩個女兒過意不去，但如果太辛苦的話，就讓萊卡停止待客吧。
但只是因為不習慣就放棄選項，也會讓可能性變窄……首先讓她適度嘗試好了。
為了販售剛蒸好的豆沙包，我負責準備蒸具之類。
如果賣完會損失機會，所以法露法叫我多準備了不少。
最壞的情況下就算賣剩，拿回家也有芙拉托緹幫忙吃光。她的食慾堪比剛結束運動系社團回家的高中生。
「好，接下來只剩下等待開場了。還有時間，就悠哉一點吧。」
這時候兩個女兒回來了。
「媽媽～洞窟魔女艾諾小姐也參加了喔～」
「咦？真想不到連艾諾也會來呢！」

不過她製作過點心嗎？總覺得她的專長是配藥。
附帶一提，聽到艾諾在場，哈爾卡拉的反應比我還強烈。
但基本上是負面反應。
「那傢伙！又學不乖再度出現了嗎！給她一點教訓吧！」
「哈爾卡拉，口氣愈來愈奇怪了喔！」
為什麼要用時代劇的說話方式啊，而且好像壞人。
「不好意思，一聽到競爭對手，就忍不住……」
與其說心胸豁達，更像生性隨便的哈爾卡拉一提到生意對手，似乎也無法冷靜。
「師傅大人，機會難得，要不要去看那傢伙……看看她在賣什麼呢？」
哈爾卡拉又用『那傢伙』稱呼艾諾了。
「也對。既然她已經來了，去打個招呼也可以。」
「打招呼不重要，我非常在意她究竟在賣什麼。」
那也該先打個招呼吧。
「還有，如果師傅大人在場的話，也能降低她的警戒心。」
「別想著利用我。」
話雖如此，我也難得想見見艾諾的面。而且專門配藥的她，究竟會拿出什麼樣的點心也是謎。於是我決定和哈爾卡拉一起前往艾諾的攤位。

「是這座『洞窟店』的攤位吧。」
「我看看，應該在前方。」
上頭掛著很大的招牌，內容是「點心╳藥材　奇蹟的組合」。
從洞窟與藥材這兩個詞來看，肯定沒錯。就是那裡。
艾諾正好在設置攤位。
她似乎不像我們帶了蒸具，打算現場製作，而是販售事先做好的點心。這樣就不需要太多人了。
「啊，這不是前輩嗎！還有——惡名昭彰的『哈爾卡拉製藥』！想不到妳竟敢光天化日下前來！真是冤家路窄！看我報一箭之仇！」
「妳也變了個人呢！」
為什麼大家的口氣都這麼老派啊。難道現在流行講話像時代劇一樣？
「辛苦了，想不到連艾諾都參加這場大賽了呢。原來妳也製作了點心呢。雖然藥品和點心並非完全沒有交集。」
世界上有人認為，料理與科學接近。
在專注於粉末分量等方面調配這一點，兩者是共通的。
由於魔女必須對藥品分量小心謹慎，進一步可說與製作點心接近。
「就是這樣。機會難得，我製作了點心大賽專用的新商品喔！」

然後艾諾將點心交給我們。

像是十分鬆軟的烤點心——

**卻呈現深綠色。**

「這是我想出來的藥草蛋糕！加入十六種天然藥材，好吃又有益健康！」

哈爾卡拉看了點心一眼。然後——

「哼。」

哼笑了一聲。

「喂！妳剛才瞧不起我吧！到底是什麼意思啊！」

「師傅大人，太好啦，已經少了一個對手了。這種東西賣不出去的。」

「不要當我不存在！前輩，這個精靈好壞喔！不要被她騙了！」

夾在兩人的糾紛之間，感覺好討厭……

朋友彼此吵架，這在人生的鬱悶時間中可是數一數二的煩。

不過我大概知道哈爾卡拉想說什麼。

「艾諾，不能想辦法改變這顏色嗎？實在提不起食慾耶……」

外觀看起來難吃到爆炸。

綠色無論如何都會讓人聯想到蔬菜，與甜點的印象差很遠。

「不會吧！怎麼連前輩都說這種話呢？那、那麼請試吃看看吧！非常好吃的！事實勝於雄辯！」

既然她這麼說，我當然不好意思拒絕。一直批評卻不吃也不行。

我和哈爾卡拉幾乎同時將藥草蛋糕送進嘴裡。

既然要賣，味道應該不會太差——

「唔……這……好難吃！」

我急忙摀住嘴。

味道衝得不得了……

「嗚噁……明明沒有喝太多，但我卻好想吐！」

哈爾卡拉的反應也並非演戲，似乎真的很反胃。

「怎麼會！我調配得和點心一樣甜了耶！」

「就是這樣才糟糕啊！為了做成點心而硬加奇怪的甜味，導致藥材的苦味更噁心了！就像為了讓孩童容易吞服而將藥品調成甜味，會產生比苦味更討厭的味道！」

不愧是配藥師，哈爾卡拉的形容很準確。

「嗯……這是失敗作品，實在沒辦法吃……」

「怎麼會……可、可是對健康有益耶！對健康有益這一點可沒有騙人！」

「哈～」
哈爾卡拉又哼笑了一聲。
原來遇上競爭對手，哈爾卡拉就會這麼瞧不起人啊……
「這裡可是點心的活動會場耶？最重要的是好吃於否。說得極端一點，就算對健康有害，但是好吃就行。一重視美味以外的元素，就代表妳誤會了點心活動的意義。點心外行人就請回吧！」
哈爾卡拉說得毫不留情。
雖然也有極端化的表達，但是大致上沒錯。
而艾諾像受到重大打擊般，臉上露出「我輸了」的表情。
「是沒錯……不好吃的點心關係到點心的存在意義……看來我不知不覺中，認為點心是騙小孩子的玩意了……這種想法連小孩子都哄騙不了……」
呃，要反省是妳自己的問題，可是活動甚至還沒開始。這種反應未免也太操之過急了吧……？
「逐二兔者不得一兔，點心就是這樣的料理。雖然點心是甜的，但是點心的世界可沒有這麼天真。（註2）」

註2 日文的「甜」同時有「天真」的意思。

哈爾卡拉露出滿足的表情，像是認為自己有點機靈。但妳又不是點心師傅，外行人說這句話反而沒說服力。

尷尬的氣氛導致無法與深受打擊的艾諾繼續聊天，於是我們決定去看看其他攤位。

「嗶～不愧是來自王國全境的店家，點心真是琳琅滿目呢～」

「那款麥芽糖真是色彩繽紛。大家都很有想法呢。」

黏黏燒、烤麥芽糖、砂糖豆、妖精布丁。

還發現好多從未聽過的點心名稱。

在眾多點心中要拔得頭籌，比法露法她們原先的想像更加困難吧。

「師傅大人，我認為『食用史萊姆』有很高的潛力。不過知名度卻不比其他點心高。若要說有什麼缺點，就是這一點吧。」

「畢竟幾乎沒有傳統可言啊……這是新商品的困難之處。」

顧客都是買自己熟知的商品比較放心。

當然也並非沒人會因為不知道而嘗試購買，但以整體而言不多。

「輸贏的關鍵還是要看萊卡有多可愛。」

「已經不是在比點心了……好啦，差不多該回去了。」

這時間就算出來晃晃，也沒辦法購買。

「啊，師傅大人，回去後可以幫忙製作『食用史萊姆』嗎？」

「是會做來賣，但是妳購買當然沒辦法投票喔。因為這樣犯規。」

哈爾卡拉臉色發青地搖搖頭。

「不，是我想要一份轉換口味用的點心。剛才藥草蛋糕的苦味開始在嘴裡擴散了……那東西的奇怪餘味會延續很久……」

艾諾的藥草蛋糕成功對哈爾卡拉造成了傷害！

「可惡的洞窟魔女……竟然連失敗作品都害我受苦……這股怨恨，過了千年我都不會忘記！」

「這應該是純屬偶然吧！」

還有為何又用這種老派語氣啊。

短時間很難看到哈爾卡拉與艾諾和好了。

◇

終於到了點心大賽的開場時間。

一般顧客專用的大門開啟，顧客們一同湧入會場廣場內。

「不愧是王都的活動，真是人山人海呢～」

哈爾卡拉以右手抵著額頭，一副眺望遠方的姿勢。

「對啊。在我們居住的地方，可能很少看到這種光景呢。」

若是不知情的人見到，可能會以為發生暴動或戰爭。

「來了好多顧客呢！法露法好開心！」

「大眾就是這樣。受到自己以外的某種意志推動。」

「夏露夏，別用大眾稱呼顧客吧……這樣有可能引發眾怒……」

當然，人潮眾多也對某個人產生了負面影響。

就是萊卡。

「想不到會來這麼多人……保持平靜，平靜……」

會說這句話就代表內心不平靜了吧。內心真正平靜的人不會過分強調內心平靜。

「萊卡，妳沒事吧？在我看來並非如此，但如果撐不住的話，也可以放棄喔？」

身為師傅，不該讓徒弟勉強自己。

「好、好的！吾人只是對不熟悉的環境感到困惑而已！若是在戰場上，不熟悉環境可不能當作藉口。」

如果還局限於對人多感到驚訝，倒是無妨。

話說回來，龍族會對人山人海感到驚訝，聽起來真不可思議。

夏露夏拍了拍萊卡的背。

「不用擔心。只要在內心飼養老虎即可。」（註3）

「謝謝妳，夏露夏妹妹！」

總覺得好像太誇張了……

另外該不會只有我覺得，龍族在內心飼養老虎有點奇葩嗎？

在我們準備之際，顧客也來到了我們的攤位。

第一批顧客是兩位二十幾歲的女性。

「哦，這是『食用史萊姆』耶～」「可能是不錯的點子喔。」

哦，來了。希望能確實掌握顧客的芳心。

「非常好吃的『食用史萊姆』喔～！全世界只有在這裡才嘗得到的史萊姆喔～！」

「在世的時候沒嘗過可是人生的損失。敬請品嘗。」

首先由兩個女兒宣傳。

「哇，是雙胞胎女孩～！」「好可愛喔～！」

對吧，沒錯吧。我們家的小孩很可愛吧。

註3 此典故出自太平廣記第四二七卷《李徵》，後由中島敦改編的短篇小說《山月記》。

老實說，比起自己受到誇獎更高興一百倍呢。這就是媽媽的心情嗎？

問題在於萊卡——

「歡、歡迎公臨……」

一下子就大舌頭！起跑衝刺失敗！

該不會真的不行吧……根本無法維持平靜嘛。

只見萊卡低下頭去。

哎，已經認為自己不行了嗎？

但出乎意料的是——

抬起頭來的萊卡，表情非常冷靜。

剛才的不安已經消失得無影無蹤。

「要不要嘗嘗看『食用史萊姆』呢？肯定是各位不知道的滋味。裡面包了煮得甜甜的紅豆。還可以試吃，敬請嘗嘗看吧。」

好厲害！似乎緊張達到了極限，反而得以切換心情。

「來，兩位小姐，這是試吃用的『食用史萊姆』。」

萊卡迅速遞給兩位女性顧客盛放了切成四分之一點心的盤子。

「哇，這位龍族女孩真是楚楚可憐……服裝也非常合適呢……」「不如說好帥氣……還有王子風範呢。」

連顧客都受到吸引了！

「那我買十顆。」「我要二十顆。」

一下子就賣了不少。這就是萊卡的效果嗎！

「感謝您的惠顧，敬請繼續享受活動。」

萊卡露出優秀管家般的笑容，目送顧客離去。

話說回來，萊卡以前在紅龍學校好像是這種定位。應該屬於優秀的大姊姊。

或許是想起了以前受到學妹簇擁的記憶。

「萊卡姊姊非常可愛呢！」

「這已經達到傾城的層次了，憑藉美貌足以傾國傾城。」

連女兒們都對萊卡打包票。

還有另一人的反應有點奇怪。

「萊卡小姐，可以喔……」

哈爾卡拉顯得十分心動。

「欸，妳說的可以究竟是什麼可以……？」

「欸～師傅大人，問這個問題太不識趣囉～」

「不對不對不對！妳的反應讓我沒辦法聽過就算了！」

「像萊卡小姐這樣大器晚成的人轉受為攻，是一種最棒的浪漫呢。」

「到底是什麼意思啊！」

對哈爾卡拉投以警戒的視線，我們依然繼續販售『食用史萊姆』。

老實說，賣得很順利。

其實氣氛對店鋪十分有利。

大賽和慶典沒有什麼差別。

顧客也比較願意慷慨解囊。

畢竟來到點心大賽，沒有人會不買點心呢。顧客對點心感興趣的比例遠高於一般人。

嘗過的人也對滋味豎起大拇指。

「第一次嘗過呢！」「雖然完全沒聽過這種食物，但是好好吃！」

購買後在附近立刻食用的人傳來稱讚聲。

我們原本就不擔心味道。畢竟難吃的話，就不會在弗拉塔村或納斯庫堤鎮受到稱讚了。

不過能不能成為最受歡迎的點心，則另當別論。

另外還有好幾處攤位更受歡迎。

從我們的攤位都看得見他們大排長龍。只要排起隊伍，本身就是非常良好的宣傳。

不是我們不行，應該坦率地稱讚別人更厲害。

「每一攤都擺出了在當地的經典點心呢。那邊是『白色青梅竹馬』吧，那一攤則是『小雞餅乾』，還有『小熊冰沙』。」

「全都是代表各地區的名產點心。因為這些店鋪齊聚一堂，大眾才會認為非去不可而大排長龍。」

夏露夏又用了大眾這個詞……

「看到隊伍的人又會感到好奇，進而跟著排隊。明明不知道究竟在排什麼。」

聽起來好像賢者的嘆息，不過我明白她的意思。

一旦排起隊伍，就會愈排愈長。

而從一開始知名度就很高的點心，似乎具備優勢。

其實這也是理所當然的。

「這也沒辦法。在王都默默無名的我們，其實已經很努力了。」

就算沒得到第一名也沒關係。萊卡似乎也克服了自己不擅長的事物，目前依然穩定地接待顧客。

不過卻突然發生差錯。

「歡迎公臨……啊。」

萊卡再度大舌頭。這是今天第二次了。在逐漸習慣之際容易犯這種錯誤。這點小事情不會再讓萊卡驚慌失措了——我原本這麼以為……

萊卡頓時面紅耳赤。

「不、不好意蘇！啊，吾人又大舌頭了……」

如果第一次大舌頭打開了心情愉快的開關——

那麼再度大舌頭，就似乎打開了緊張的開關！

「抱歉亂了方寸……這個……如果，不嫌棄的話……希望顧客能購買一份……」

紅著臉的萊卡以手摀住嘴。

畢竟她當著別人面前大舌頭，會難為情也是無可奈何。

不過世界上有些人，在害羞的時候才能發現價值。

「不覺得那女孩可愛到誇張嗎？」「全新層次的可愛。」「的確是會場最可愛的！」

傳出這樣的聲音。

萊卡害羞的模樣似乎點燃了會場的顧客。

藉由萊卡的害羞，「發現」了萊卡的可愛。

「請問……吾人臉上沾了什麼東西嗎……？各位這樣注視，吾人會感到坐立不安……以龍族模樣戰鬥等時候倒是無妨……還有，請不要稱讚吾人可愛……吾、吾人才不可愛呢！」

聽到群眾稱讚可愛，萊卡進一步陷入混亂。

在萊卡扭扭捏捏之際，群眾明顯愈來愈多。

彷彿偷偷溜來的偶像曝光的瞬間。

「咦，那不是號稱高原寶石的萊卡妹妹嗎？」「想不到她會來當銷售人員！」「機會難得，想親眼目睹呢！」

在部分群眾當中，萊卡的名聲似乎早已傳播到王都。傳聞真是可怕……

沒過多久，人群便逐漸形成筆直的隊伍。

原以為竟然彷彿受過訓練般迅速排隊，原來是哈爾卡拉在整隊。

「各位～『食用史萊姆』的隊伍在這裡喔～一顆七十戈爾德。敬請事先準備好錢等待喔～結帳的櫃檯有兩個，所以請排成兩列隊伍。」

不愧是長年做生意，這方面相當熟練。

「啊，那位顧客，由於會擋到隔壁攤位，可以麻煩您不要往旁邊排嗎？」

竟然連這種地方都注意到了……

隊伍前端則由法露法與夏露夏兩人站櫃檯，負責消化人潮。

「謝謝光臨～！真的很好吃喔～！」

「感謝您的購買。祝福與這份點心相遇能帶給您幸福。」

兩人都手腳俐落地工作。夏露夏的待客也相當熟練。

「這個……亞梓莎大人，究竟發生了什麼事呢……？吾人還不太明白……」

萊卡表情困惑地問我。

「意思是萊卡的可愛在王都也通用呢。」

害羞的美少女就是有這麼強的破壞力。

就像有知名度的點心一樣——

知名美少女具備強大的吸客能力。

萊卡扮演了廣告塔的功能。

「怎麼會……吾人只是對失誤感到難為情……沒有做出什麼值得受矚目的舉動……嗚嗚……好想鑽進火山內……」

一般人鑽進去可就死翹翹啦。

「附帶一提，萊卡，如果不大方一點，會有更多顧客上門喔。」

顧客一上門，萊卡就更害羞。

萊卡一害羞，就有更多顧客。

該不會形成永動機了吧？

「真的有表情害羞的萊卡嗎？」「太棒了！看到表情害羞的萊卡了！」

變得好像別名一樣……是誰取這個名字的啊……？

之後萊卡繼續面紅耳赤——

「敬請品嘗看看！」

將試吃用的盤子遞給四周的人。

我只需在身邊稍微協助她即可。

畢竟她害羞的方式還合乎常理，沒有到無法收拾的程度。

然後只要排起隊伍，就會吸引更多人排隊。

我們的攤位也開始進入良性循環。

「不得了，媽媽！事先多準備的點心快要賣完了！」

「咦？我原本以為根本賣不完……」

庫存真的幾乎快光了。

「不用擔心。」

夏露夏盤起手表示。

「如果賣完所有商品就有機會勝利。當初就是為了這樣而準備的。繼續賣就有出路。」

總覺得夏露夏愈來愈像頑固的師傅。

結果在大賽結束之前，我們的「食用史萊姆」銷售一空。

商品一賣完，萊卡便彷彿擺脫了肩上的重荷般，露出放鬆的表情。

「吾人還有待加強呢，慌張的毛病還是改不掉。這一次經驗讓吾人清楚明白，必須更加成長才行。」

「有這種積極向上的心態，才是萊卡厲害的地方。」

而這肯定也是她受歡迎的祕密。

「站在顧客面前倒是沒問題，但是聽到別人說可愛，吾人就頓時難以冷靜。所以吾人得學會不去在意這種事情才行。」

話說回來，萊卡不擅長的其實不是待客，而是別人稱讚可愛。

「可是萊卡很可愛啊，這是事實。」

「亞梓莎大人，就算是開玩笑，也請不要說這種話。」

我完全沒有開玩笑耶⋯⋯

雖然點心賣光了，但是還不到收拾回家的時候。

最後要發表大賽的人氣投票結果。

人氣投票從第三名開始唱名。

第三名與第二名都沒聽到我們的名字，果不其然。

**「恭喜『食用史萊姆』贏得第一名！」**

司儀的確這麼說。

還留在會場的群眾發出「噢噢——！」的呼喊。

法露法與夏露夏兩人擊掌慶賀。

天啊，想不到真的贏得了第一名……

「待客應對優秀，加上紅豆煮爛後磨成餡，這種與其他點心都不一樣的獨創製作方式獲得了高度評價！宣傳效果與原創性，憑藉這兩支臺柱一口氣超越了其他點心！恭喜！」

現在讓萊卡上臺接受獎盃就太過分了。

「法露法，夏露夏，妳們上臺去吧。」

「好～！」「明白。」

兩個女兒一同舉起沉重的獎盃，接受留在會場的群眾鼓掌歡呼「好可愛～！」「小孩子也好可愛！」「太厲害了！」

其實應該是靠萊卡，不過得到第一名是好事。

「如此一來，『食用史萊姆』就遍及全國了呢，還得設立幾間分店才行～呵呵呵。」

在哈爾卡拉的腦海中，已經在高速盤算展店計畫了。

「要開幾間分店都無妨，但可別到處推廣製作者是高原魔女喔……」

「好的，只要搬出萊卡小姐的名字，就很能賣了！」
「那更不行！」
這樣實質上等於攻擊萊卡耶！

另外艾諾推出的深綠色點心不出所料，完全賣不出去。
嚴格來說，偶爾有人基於興趣購買，但是實在太難吃了，似乎一票都沒有得到。
只有少部分狂熱粉絲才會喜歡那種味道吧。
「總有一天我一定會雪恥……庫存太沉重了……獨自參加實在是失策……」
最後來我們的攤位打過招呼，艾諾便將大量營運器材搬上馬車，離開會場。
做生意難免碰到這種事，嗯……
「幾家歡樂幾家愁，鬥爭就是如此無情。」
夏露夏在我身旁盤起手，用力點了點頭。
「這樣總結點心大賽不嫌太沉重了嗎？」
「媽媽，勝負就是這麼殘酷。」
雖然點心是甜的，但是點心的世界可沒有這麼天真。
另外有件事情我有點在意。其實是要回家的時候才想起，並沒有特地放在心上。
「對了，萊卡，妳之前說過對『食用史萊姆』感興趣，究竟是什麼意思？」

記得萊卡之前的確這麼說。

「噢，對了，對了。吾人想到了活用『食用史萊姆』的全新方法。」

「全新方法？」

意思是萊卡對做生意產生興趣了嗎？這倒是相當難得。

「亞梓莎大人，下次可以找一天來到吾人的老家，洛可火山嗎？到了當地再詳細告訴您。」

「嗯，我當然會去。」

畢竟讓萊卡付出了勞力，當然可以接受如此簡單的要求。

洛可火山嗎？機會難得，去泡個溫泉吧。那裡有不錯的溫泉呢。

嗯？溫泉？

加上豆沙包。

該不會是……

◇

過幾天，我乘坐龍型態的萊卡前往洛可火山。

難得見到萊卡的姊姊，蕾拉小姐夫婦與萊卡的父母，還度過了一段和樂的時光。

「哎呀，相較於藍龍的聚落，氣氛完全不一樣呢……」

紅龍族以人類的模樣生活時，感覺就像人類的上流階級。每一件家具都統一使用高級品。

「哈哈哈，藍龍族是藍龍族啊。即使不踏實，龍族的日子還是得過，所以也會出現那種生活態度啊。」

萊卡爸爸的態度宛如有錢人的從容，不過我覺得『即使不踏實，日子還是得過』形容得很妙。即使聽天由命都能船到橋頭自然直，代表龍族的潛力十分強大吧。

萊卡的姊姊與萊卡也開心地聊天，但看起來受到姊姊不少捉弄，萊卡顯得坐立難安。

「萊卡，妳為了變強而修行是好事，可是情感方面如何呢？」

「那種事情不重要吧！請姊姊不要管吾人……」

「妳真的不擅長這種話題呢。說起來弱點很多喔。」

果然是姊姊，很清楚萊卡的個性。

「亞梓莎小姐，妹妹今後也麻煩您照顧了。」

「是的，承蒙您將寶貝的妹妹交給我，這是當然的！」

「亞梓莎大人也別跟姊姊一起胡鬧啦！」

即使身為強大的龍族，萊卡在家裡似乎還是可愛的妹妹。

「不好意思，亞梓莎大人，可以開始讓吾人進行『食用史萊姆』的實驗了嗎？」
「噢，對喔，還有這件事情。」
不小心和萊卡一家人聊太久了。
「吾人以前就考慮過如何活用洛可火山的蒸汽。以蒸汽加熱『食用史萊姆』，或許可以添加以前沒有的風味！」
「……嗯，果然符合我之前的想像。」
意思是她想製作溫泉豆沙包吧。
果然即使是不一樣的世界，看到溫泉與豆沙包，都會有人想組合這兩者吧。
「真不愧是亞梓莎大人！早就看穿了一切呢！」
唔，萊卡尊敬的眼神看得我有些心虛……
我只是利用了上輩子的記憶而已……

於是我們立刻啟動「食用史萊姆」變成溫泉豆沙包的計畫。
另外木製蒸籠在洛可火山的溫泉街有賣。
不只是萊卡，紅龍族都十分手巧，似乎也有這種木製品師傅。
「洛可火山沒有什麼像樣的甜食，所以吾人才心想能不能試試看。」
「嗯，這個想法很了不起。來，像這樣排列蒸籠，接下來放置在蒸氣上就行了吧。」

「亞梓莎大人，您完美看穿了吾人的思考呢。吾人原以為是好點子呢，真難為情……」

「啊，我這不是靈光一現，而是知識的累積……能想到這個點子的萊卡真的很厲害喔。」

在冒出足以燙傷人的高溫蒸氣之處放置蒸籠，靜待片刻。

不知道要等待多久，但是反覆嘗試幾次，尋找合適的蒸製時間吧。

在等待期間，我和萊卡彼此默默無言。

「這個，亞梓莎大人，透過這一屆點心大賽，吾人學到很多。與其說學到，其實該說知道了自己的弱點。」

盯著蒸籠的萊卡同時開口。

話說回來，家族人數增加後，最近少了不少像這樣兩人對談的時間呢。

「別考慮無關緊要的事，勇敢拋棄，以高處為目標——吾人一直持續這種修行方法……但是也懷疑這樣讓自己變得脆弱……」

認真的人才有這種煩惱。

原來找我來這裡的真正目的是談心啊。

「吾人以前一直試圖不去想這種事情，但吾人的內心並非如此堅強。所以才筆直

朝某種目標前進，試圖轉移注意力。」

我從後方緊緊摟住萊卡。

偶爾也得表現出師傅的風範。

「能靠自己找到這種答案的萊卡果然很厲害。是我自豪的徒弟，不，自豪的家人。」

「您能這麼說，吾人感到很開心，但自己還有不擅長的地方……」

熱心鑽研是好事，可是負面思考並不好。

「萊卡，妳花了多久才發現這一點？」

「咦？」

可能沒料到我的問題，萊卡發出怪聲。

「吾人才剛剛發現而已。形同之前一直隱藏著……」

「那只要慢慢克服就好啦。我在三百年前也只是普通的無力魔女啊。」

沒錯，我重複同樣的事情長達三百年，才有現在的自己。

這速度究竟快不快呢，其實慢得離譜。

「孜孜矻矻地從力量所及的事情著手即可，不用急著一步登天。學著更加豁達一點吧，完全不需要擔心。身為妳的師傅，我可以保證。」

「好的，亞梓莎大人。」

即使看不見萊卡的表情，光聽她的聲音，應該不會有任何問題。
「吾人今後會繼續孜孜矻矻地努力。」
「嗯，很明白這一切嘛。優秀，很優秀喔。好啦，豆沙包應該也好了。」
我們打開蒸籠的蓋子。
裡頭排列著許多蒸得鼓鼓的史萊姆。
「哦！」
即使不是全新的東西，我們依然異口同聲地驚呼。
然後我們迅速將熱騰騰的溫泉豆沙包版「食用史萊姆」送進嘴裡。
「嗯，好吃，真好吃！雖然味道沒有什麼差別！」
「對啊！不錯喔！……不過滋味沒有太大的變化。」
對啊，畢竟只是溫泉的蒸氣而已……不會突然變成咖哩口味之類。
「不過……與平常的『食用史萊姆』別有一番風趣呢。」
「沒錯，在溫泉街享用的話，會覺得比平時更美味喔。」
我們彼此四目相接，雖然不知道有什麼有趣，但依然相視而笑。
即使不有趣也會笑，「食用史萊姆」真是偉大。
看來這種點心近期可以打著「洛可火山的食用史萊姆」名號推出呢。

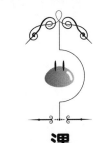

# 遇見奇怪的占卜師

She continued destroy slime for 300 years

這一天，我們全家來到納斯庫堤鎮購物。

在弗拉塔村買不到的東西，會來到鎮上買。

「唔……假日來到距離職場不遠的地方，感覺好怪……」

哈爾卡拉有點駝背地表示。

「啊，對喔。工廠在鎮上的哈爾卡拉沒辦法放輕鬆呢。反正大家可以單獨行動，妳可以在咖啡廳放鬆喔？」

我在上輩子相隔二十天放假時，也曾經特地跑到公司不遠的地方。然後全力吐槽自己，要買東西為何不去別的地方買。

實際上，芙拉托緹已經抱起嚷嚷走累了的桑朵菈，前往市場。

而法露法與夏露夏也進入書店，不肯離開半步，所以目前沒跟在我們身邊。大家已經分頭行動了。

「不，工作的時間沒辦法在鎮上逛。而且也為了尋找新商品，我反而想到處走走。」

「嗯，所以到底是哪一邊啊。」

「換句話說，明知道必須念書，卻不想念書——大概就像這樣吧。」

「原來如此，妳這麼一說我就明白了。」

如果念書有趣的不得了，大家當然不會跑去玩，而是拚命用功。之所以忍不住偷懶，是因為對於大多數人而言，念書不僅不快樂，還很痛苦。

「啊～話說我聽職員提過，露天攤位出現了一間奇怪的店呢。記得應該夾在這附近的建築物之間。」

「咦？開設在縫隙之間嗎？」

雖說是露天攤位，但為何要在這裡開啊。

「該不會在販售可疑的道具吧？我可不希望無意中買了違法的東西而遭到逮捕。」

「如果太可疑的話，就假裝沒看到吧。放心，放心啦～」

「哈爾卡拉，妳喜歡讓自己說的話愈來愈沒信用耶……」

她說的放心一點根據都沒有。

此時萊卡指了指後方巷子。

「啊，各位，該不會是那一攤吧？」

建築物之間的確放置了一張四方形的桌子。

桌子的一旁寫著這是什麼店。

**占卜**

月亮的引導
利用月亮的力量，
準確度讓人大開眼界！
榮獲各路媒體的報導！

**顧客滿意度高達 80%**

諮詢費
10 分鐘　2000 戈爾德起

「啊～占卜的確不占地方，在這種空位擺攤也不足為奇。不過這些姑且不論——」

我輕咳了一聲。

「說老實話，好可疑！」

「師傅大人也這麼認為嗎？我其實也不太相信占卜呢～也懷疑月亮的力量是什麼。」

「不，哈爾卡拉，我不是懷疑占卜這一行，而是那間店具體上特別可疑！」

各路媒體是什麼意思？這個世界應該沒什麼媒體吧。

還有，這個世界的居民在宣傳這方面，都喜歡搞得很可疑。該說要素過多嗎……凡事都要加在一起，缺乏減法的美學。

另外究竟是誰在開店呢。

像是占卜師的人，頭罩在長袍中，遮住眼睛不讓人看見。這一點很像占卜師，但我並未調查過這個世界的占卜師打扮，不清楚這樣是否普通。

——這時候，占卜師看了我們一眼。雖然視線隱藏在長袍下看不見，但肯定已經注意到我們。

哇咧，被盯上了……如果對方喊我們，就很難拒絕了……

不過該說是幸運吧，正好有顧客坐在占卜店的座位上。

還好沒有被對方叫住。

但是這位顧客——居然是弗拉塔村公會職員，娜塔莉小姐！

「娜塔莉小姐怎麼會在這裡！」

「亞梓莎大人，她來得正好。看看究竟是什麼樣的占卜吧。」

「嗯，好吧……雖然好像偷窺，不過占卜應該無妨……」

另外娜塔莉小姐曾經毫不客氣地將我滿級的個人情報公諸於世……所以多少算打平。

「歡迎光臨。請問要占卜什麼呢？」

占卜師的聲音聽起來像是女性。

印象中占卜師似乎以女性居多。

「當然是結婚運啊！」

娜塔莉小姐果然對結婚念念不忘……

「希望妳告訴我，究竟如何才能遇見好對——」

**「要占卜也可以，但老實說，是白費工夫。」**

這也太直白了吧！

「不會吧！在占卜前就說沒用，也太過分了吧！我願意掏錢，拜託幫我占卜嘛！」

想不到連占卜都不肯，讓我們大吃一驚。

「哈哈～占卜師當中也有這種類型，特地以高高在上的態度，一點都不留情面呢。或許也有這種類型的店吧～」

可能生意做久了，哈爾卡拉對這方面真是熟悉……

接下來，那位占卜師會如何對應呢。

「不，因為妳一直找不到對象的原因，最大的問題在於妳的職場與居住環境。反正妳肯定在人口稀少的地方，從事面對固定客源的工作吧？」

「哇！說中了耶！」

「所以當然沒有邂逅的機會啊。只能轉移到有機會邂逅的地方，但這會導致生活基礎改變。如果做不到的話，就只能靠人介紹好對象了。不找媒人找占卜師，結果不是一樣嗎？」

娜塔莉小姐聽了不斷點頭。

結果完全贏得了顧客的信賴。

「同理，如果我說這個王國的○○州△△鎮有妳命中註定的對象，馬上放下工作立刻過去。妳也沒辦法相信我的話，踏上尋覓對象之旅吧？」

「嗯……老實說，穩定的工作也很重要……」

「這麼一來就不是占卜，變成預測未來了。不過妳的情況其實用不著占卜。費用就免了。」

「不不不，您已經充分提供過建議了，所以我會付錢！」

「哦，是嗎？那就兩千戈爾德囉。」

娜塔莉小姐離去的時候，嘴裡不停嘀咕「拜託公會舉辦聯誼吧……或是乾脆在公會發委託，徵求結婚對象……」

後面的計畫有可能徵求到怪人，還是打消念頭吧……

「師傅大人，結果還是不知道她的占卜方式是什麼呢。」

哈爾卡拉似乎有些惋惜。

「不，她可能比我想像中還要正派。雖然算不算占卜還有待商榷。」

結果又有顧客就座。生意還真好啊。

不過顧客又是認識的對象。

特別講究全身穿白色的女孩是——

「這次是席羅娜！乾女兒都跑來了……」

為什麼顧客全是我認識的人啊。

「歡迎光臨。要占卜什麼？」

「我目前在當冒險家，請告訴我該去什麼地區。大致的方向也可以。」

原來如此，這個問題很符合冒險家的身分。

「知道了，那就利用月亮的力量開始占卜吧。」

似乎終於可以見到她的占卜方式了。

「先讓我看看右手，我要確認手相。」

咦？是手相占卜嗎!?

於是占卜師開始看席羅娜的手相。

「啊，顧客，妳的手……」

「不會吧，已經知道了什麼大祕密嗎？」

「肌膚真是柔嫩呢。」
什麼啊，在後方觀察的我心想。
「是嗎？因為我當冒險家，肌膚的保養都很隨便。」
席羅娜也有點開心地回答。
「簡直就像史萊姆一樣Q彈呢。」
因為她是史萊姆妖精啊……
這名占卜師還滿有水準的，不過還沒有能稱作占卜的元素。
「這條掌紋顯示，妳年輕時會吃苦，但是辛苦會確實獲得回報。妳現在經濟情況不錯吧。」
「嗯，我住在很大的豪宅。」
哦！說中了耶。
「這種程度要怎麼說都行~還沒脫離話術的領域。」
哈爾卡拉相當不以為然。
她雖然感興趣，卻似乎站在懷疑占卜的立場，並不相信呢。
或許哈爾卡拉是以一種生意的角度，對占卜如何運作感興趣。也就是生意人的視角。
另一方面，萊卡露出津津有味的表情，注視占卜的動靜。

大概是對占卜感興趣的年齡吧。不，和年齡層應該沒關係。即使是老奶奶，會占卜的人就是會來。

「那我該往哪個區域前進才好呢？或者我最好不要去哪個地方。」

「這必須使用月亮的力量，所以我要稍微集中精神。」

然後占卜師脫下長袍。

果然是女性。

頭髮很長，瞳眸和頭髮都是藍色的。或許是人物塑造的一部分，她散發出相當莊嚴的氣氛。

「請看著我的眼睛，我也會注視妳的眼睛。接受月亮的力量，在眼中就會出現應該前進的方向。」

終於有愈來愈正式的感覺了。

「我知道了。那就請注視未來吧。」

席羅娜也同意。

「很好。那麼我要詠唱咒語，增強月亮的力量。」

究竟是什麼樣的咒語呢。

有種見識陌生魔法的刺激感。

「露娜露娜～月月月～♪　露娜露娜～月月月～♪　滿月，半月，弦月，雖然有好多種月亮～♪」

咒語聽起來好蠢喔！

氣氛突然變得好可疑……怎麼會變成這種鬧劇啊……

「噗……噗噗……」

連席羅娜都忍不住笑出來。畢竟誰都忍不住。

「哎呀，怎麼能笑呢。要是笑出來，就看不見要前進的方向了。」

占卜師小姐表情認真地提醒。她本人似乎並非開玩笑。

「呃，這個……因為歌詞非常獨特又有個性……」

我明白她這句話的意思，是委婉表達很蠢的常用方式。

「要獲得月亮的力量，這是最有效的方法。我每天早上都唱三次呢。」

「噗……三次……」

她又笑了！

「來，再進行一次囉。還有，最後的部分要麻煩妳一起唱。我會再給妳指示。」

「咦？要我唱這種蠢歌嗎？」

終於親口說出真心話了！

「蠢歌是什麼意思！要獲得月亮的力量，這可是最好的方法！」
占卜師小姐似乎也有神祕的堅持。
「師傅大人，占卜師愈認真，氣氛就愈搞笑呢。噗噗噗……」
在哈爾卡拉眼中完全變成了搞笑。
「直到中途還很正式，結果一下子開始搞笑呢。附帶一提，這種占卜很常見嗎？」
「怎麼可能。」
「我想也是……」
在我們交談之際，占卜師又唱起那首歌。

「露娜露娜～月月月～♪　露娜露娜～月月月～♪　滿月，半月，弦月，雖然有好多種月亮～♪　但是月亮公公的外型永遠都是圓球～♪　真是神奇呢～♪　露娜露娜～月月月～♪　露娜露娜～月月月～♪　月月月月月～♪」

「噗噗！最後的『月月月月』是什麼啊……」
席羅娜又笑了出來……
她該不會笑點非常低吧。
「啊～就說不能笑了。這樣就看不透妳的未來囉。」

占卜師果然是認真的……

「不好意思，我覺得妳具備獨特的感性……」

剛才都已經說人家蠢了，應該也沒必要掩飾吧。

這時候，哈爾卡拉在一旁輕聲低喃「月月月月～♪」

「噗！哈爾卡拉，這樣很賊耶！哪有偷襲的啦！」

可惡！戳中了我的笑穴！

我拚命摀住嘴。

萊卡也笑得很開懷。

「哎，不好意思。看來這會在工廠流行一段時間。來了水準相當高的藝人呢。」

「她始終是占卜師，不是藝人啦。」

「會唱歌的藝人果然很厲害。連小孩子都會唱呢。」

「我只知道哈爾卡拉不相信占卜。」

就算她之前相信占卜，但也不相信那種占卜方式吧……

附帶一提，那首歌依然在唱，不過在此省略。

不過唱到最後，

「好，接下來請一起唱！」

占卜師小姐對席羅娜這麼說，結果席羅娜又爆笑。

「月月……哇哈哈哈哈！這歌詞也太無腦了吧！」

「真是的！如果要冷場的話能請妳回去嗎？月亮的力量不可以這麼草率地對待！如果不遵守用量與用法，還會對身體造成不良影響！」

還好這不是一笑就要被棍棒K的懲罰遊戲。

「知道了。我不會再笑了……噗噗……」

「話還沒說完又在笑。」

之後席羅娜唱了歌詞中最後的部分：「露娜露娜～月月月～♪　露娜露娜～月月月～♪　月月月月～♪」

「好，最後反覆唱三次從『露娜露娜～』開始的部分。」

「占卜師小姐，妳是認真的嗎!?」

連席羅娜都開始認為是不是從頭到尾都在整人了。

「是真的，我向月亮發誓是真的！準備囉，來！」

「「露娜露娜～月月月～♪　露娜露娜～月月月～♪　月月月月～♪」」

哇塞，居然變成了合唱……

占卜歌就在奇妙的一體感之中結束。

「師傅大人，聽了這麼多遍，旋律逐漸烙印在腦海裡了。露娜露娜～月月月～♪」
「就算向我報告，我也不知道該怎麼辦……」
不過占卜終於要有結果了。
「有了。妳會一帆風順，往哪裡冒險都沒關係。」
「都讓我唱了歌，結果卻很普通呢……」
席羅娜似乎不太能接受。她大概認為自己白唱了歌。
「不過組隊的時候，最好小心一點。依照妳的態度，很有可能惹出麻煩。」
結果內容還是從對方散發的氣氛就能判斷的嘛！
「如果嘲笑認真的人，很容易得罪人。即使客觀看來自己才是對的，也不要直接說出口。因為這樣等於羞辱對方。」
這是在抱怨剛才嘲笑占卜歌的席羅娜吧！
席羅娜似乎還有話要說，但依然付了錢離去。
即使占卜歌聽起來可疑，她的確占卜過了，所以也不能說她詐欺。占卜多少有這種成分在。
不過事情似乎並未就此結束。
「妳們剛才一直在看我們，感興趣嗎？」
占卜師向我們開口了！

畢竟觀察了這麼久，她當然也一直看著我們。
「啊，因為我們居住的地方沒有占卜師，才會覺得很稀奇。哈哈哈……」
我不太想和她扯上關係，於是和她打哈哈。
但是哈爾卡拉迅速走向占卜師，坐在顧客的座位上。
「麻煩幫我占卜目前經營的公司該怎麼發展。」
讓她占卜的氣勢十足耶！剛才感覺明明瞧不起人家！
「師傅大人，生意人不是經常向占卜師請教前途嗎？我也打算從形式入門看看。」
只要別找我就行。
「凡事都值得嘗試。不過既然有錢賺，我就會詳細占卜一番。」
認真的態度始終如一，我覺得唯有這一點很敬業。如果她說這是在開玩笑，那就不是占卜師，真的變成藝人了。
萊卡則從剛才就一直聚焦在占卜上。
她和占卜師的表情一樣。當然不是想唱「月月～」，而是純粹對占卜感興趣。
「萊卡，既然機會難得，之後妳可以讓她占卜看看。」
「咦？可是……十分鐘要兩千戈爾德……」
「金額不算多，沒關係。這也是寶貴的經驗。」
哈爾卡拉同樣完美地合唱了那首歌。占卜的顧客似乎必須合唱最後的副歌（？）

部分。門檻還真高啊。

「聽過後已經完全記住了呢……不過別不小心唱出來喔。胡亂使用月亮的力量，可能會有害處。」

「知道了！我會注意的！」

她多半不相信有什麼害處，但應該不會唱吧……

「那麼關於妳的公司……該說一帆風順嗎？會拉大與競爭對手的差異，不用與對手爭得頭破血流。換句話說，只要維持現狀就好。」

「哦！感覺有說中喔！」

「工作已經上了軌道。目前應該沒有什麼生意上的煩惱，只要小心別遭到暗算，穩健地經營就不會有大問題。」

競爭對手是指艾諾吧。

哈爾卡拉製藥應該沒有迫在眉睫的危機，占卜的結果還算準確。

「占卜的結果很充實呢～」

「好啦，妳能滿足我就很高興了。既然月亮之歌引導了妳，代表我也會受惠。」

這位占卜師似乎習慣被當成哏嘲笑了呢……

「其實我還有一件事情希望妳占卜，可以嗎？」

哈爾卡拉湊近占卜師的臉表示。

「只要有錢賺我就占卜……但究竟是什麼事？」

「試著占卜妳目前煩惱的事情吧。」

我和萊卡都感到不解。

老實說，不明白她的意圖。

占卜師似乎也有同樣的想法，臉上露出這個客人真奇怪的表情。

「也不是不行，但是能告訴我動機嗎？如果充滿惡意的話，我就不能占卜。占卜是帶給人幸福的事物，不可以用來害人。」

「我每次看到占卜師，都很在意一件事情。就是占卜師能不能占卜自己。如果依靠占卜持續選擇成功的道路，現實中不就能過非常充實的生活嗎？」

聽她這麼說，我才知道她的意思。

另外也覺得，這種想法很符合她。

「可是印象中，我幾乎沒看過占卜師為自己占卜呢。順便說一句，如果依靠占卜接連成功，那麼所有占卜師都住大豪宅也不奇怪吧。我一直在想，這方面究竟怎麼樣。」

換句話說，現實主義的哈爾卡拉想踏進占卜師的舞臺後方。

這算是一種犯規，遭到拒絕也無可厚非。

比方說，哪間公司年收入五百萬的職員，販售號稱可以賺好幾億的幸運石。這會讓人質疑「那你怎麼不靠這顆石頭多賺一點」。

再比方說，有公司宣稱依照書中的生活方式，就會獲得幸福。結果編輯部所有人都一臉陰沉的話，會遭人質疑「怎麼不實踐書中內容啊」。

依照邏輯思考，才會想弄明白有疑問的部分。

「原來如此。」

占卜師頓了半晌，不過態度相當平淡。

「首先，我從原則開始說明。占卜師不只不占卜自己，大多數也不占卜自己的家人或朋友。原因是——距離過近的對象會無法提供適當的建議。」

這個理由很有說服力。

「哦～意思就像幫認識的人占卜後，即使結果出現『你不能再持續現在的生活』。直截了當告訴對方，萬一吵起來也麻煩……可是隱瞞的話，以占卜而言又變成說謊吧。」

「沒錯，這就是正確答案。某種程度上，建議必須與自己無關才行。如果會坦率聽從朋友的提醒，也沒必要來問占卜師了。」

「是沒錯。正因為是與自己無關的第三者，反而願意傾聽對方呢。」

「何況就算占卜自己，也無法做出客觀的判斷，容易徒勞無功。堅決不占卜自身的占卜師也不少。另外占卜可不是發現哪裡有埋藏寶藏的魔法，就算占卜自己也無法變成有錢人。」

占卜師也是專家，所以精準迴避了哈爾卡拉的攻擊。

肯定三不五時就有顧客要求這種上帝視角的占卜吧。

「知道了。我也是生意人，不打算當奧客，所以我決定就此打住。費用也會分毫不差地支付。」

哈爾卡拉似乎也心服口服了。

「不過話說回來——我倒是可以占卜自己的煩惱。」

「啊！妳願意嗎？」

真是出乎意料。

萊卡不停地緩緩前進，乾脆站在一旁觀摩如何？

「只是費用可得照付喔。這樣我就當作生意，嘗試看看。而且我一直沒占卜過自己的煩惱，或許是好機會。我會試著盡可能客觀面對自己。」

哦，似乎偶然形成了雙贏關係呢。

然後再度響起那首「露娜露娜～ㄖㄖㄖ～♪　露娜露娜～ㄖㄖㄖ～♪　ㄖㄖㄖ

月～♪」的歌。連我都快背起來了……

另外可能因為是自己的煩惱，需要占卜對象一起唱的部分也由占卜師小姐獨唱。

一旁有路人經過，但似乎不太在意。該不會已經聽好幾遍，習慣了吧？

「…………有結果了。」

唱完歌後，占卜師小姐表情平靜地表示。

我認為她確實因為歌的內容而吃了虧。針對歌的內容徹底修改，建立神祕的正牌占卜師名號不是比較好嗎……

「占卜師小姐，妳在哪裡學會這首歌的？」

哈爾卡拉詢問我想到的事情。

「不要問無聊的事情。」

呃，我覺得這個問題很重要耶……結果她無視嗎？

「關於占卜的結果——」

明明和自己無關，卻連我都屏息以對。

占卜師的煩惱究竟是什麼呢？

「——月亮妖精究竟是什麼啊!?至少讓我當火災，或是風之類更容易理解的妖精嘛！我這個設定也太神祕了吧！雖然嘗試當占卜師，但還是什麼都不知道！我的人生今後到底該怎麼辦啊!?」

像機關槍一樣說個不停耶！

應該說，這和占卜沒有關係吧！只是內心的呼喚！說出自己平時心裡想的內容而已！

可是裡面包含相當重要的詞彙。

她剛才說了月亮妖精吧……

我原本以為她是怪人，想不到她甚至不是奇怪的普通人。

又是妖精……我的人生真的經常碰到妖精耶。

不過會遇見妖精，也是從法露法和夏露夏獲邀參加世界妖精會議之後。雖然嚴格來說，遇見她們倆就算遇見了妖精，但是在三百年的人生中，明顯集中在最近這段時間。我該不會與妖精締結了奇怪的緣分吧。

我也接近這位職業是占卜師，自稱月亮妖精的小姐。

「不好意思，請問妳是月亮妖精嗎？」

「沒錯。不過妳肯定以為我依靠這種設定當占卜師吧。就算揭曉妖精的身分，也會當成人設吧。就算受人懷疑，如果靠這種設定能夠維生，其實也無妨……如果我身處相反的立場，也會有類似的想法。」

完全無所謂的態度。她突然露出了本性呢。
「不，我沒有懷疑。因為我有不少妖精朋友，不如說目前還住在一起。」
「咦，住在一起？妳是說真的嗎？」
哦，開始感興趣了呢。雖然不知道讓她產生興趣是好是壞，但我也很難無視她。
「問一下，妳和什麼妖精住在一起呢？告訴我，告訴我！」
「是史萊姆妖精。」
毫無疑問，是法露法與夏露夏。
但是眼前的妖精又露出彆扭的表情。
「果然在逗我玩……怎麼可能有史萊姆的妖精嘛……」
法露法和夏露夏的知名度也太低了吧！
因為妖精網路若有似無，感覺很鬆散……
「沒有啦！我沒有說謊！是貨真價實的水屬性妖精！而且我另外還認識水滴妖精與松樹妖精！也參加過世界妖精會議！」
對了，只要搬出世界妖精會議的名稱就行了吧。
「咦？世界妖精會議？那是什麼？」
「妳不知道嗎？」
原來不是沒參加，而是不知道！

「我一直獨自生活，從沒見過其他妖精。」
嚴格來說席羅娜也是史萊姆妖精，妳剛剛才遇見她。
看來妖精即使近距離接觸，也不會發現對方是同類。
「師傅大人，我的假設是月亮妖精太特殊了，即使是悠芙芙小姐都無法掌握吧？」
哈爾卡拉的理論可能是對的。
「應該是這樣。以前我也曾經驚訝有水母妖精，但聽說水母是水屬性的妖精後，覺得有道理。問題是，這次是月亮……算什麼屬性？」
「咦？連水母妖精都有嗎？原來妖精有這麼多啊？我以為全世界只有幾人而已……」
我怎麼還得告訴妖精關於妖精的事情啊。
「月亮妖精小姐，妖精多到可以召開世界妖精會議……應該說活動才對。我想有超過一百人。也許不只上百人……既然都有水滴妖精與水母妖精，說不定多達兩千人……」
「原來是這樣……我還以為只有地、水、火、風、雷這幾種而已……」
這就是不知道妖精的人所想像的妖精世界。
「亞梓莎大人，在大街上一直說妖精這兩個字似乎不太好，是否要換個地方？」
理智的萊卡如此提議。的確不該在這裡高談闊論。

「知道了，那就換個地方吧。我們全家來採購，所以得先尋找其他家人才行。」

「這樣好了，我下榻的旅館就在這座鎮上，來我的房間吧。今天沒辦法再占卜了。」

既然遇見了月亮妖精，我們也沒辦法繼續購物了。

「我叫亞梓莎，妳的名字是？」

「依努妙克。」（註4）

我心想到底是狗還是貓啊，好複雜喔。

既然是月亮，名字應該有兔子的感覺，例如跳兔蘇之類。不過這是受到上輩子的價值觀與發音影響吧。

「或許名字有些怪，但是總筆畫接近完美。這是我自己命名的。」

我以前就想過妖精究竟是怎麼命名的，原來是自己取的啊。

◇

然後我們找回分頭行動的家人，前往月亮妖精依努妙克下榻的旅館房間。

註4 依努音同日文的狗。

「法露法是史萊姆妖精喔！」
「同樣是史萊姆妖精的夏露夏。」
兩個女兒都很有妖精的風格，率先打招呼。
「我是月亮妖精依努妙克……妳們看起來不太像史萊姆呢。」
「依努妙克小姐看起來也不像月亮，所以一樣！」
「嗯……說得對……這才是煩惱的根源……」
依努妙克對法露法沮喪地低頭。
「那是距今六十年前，不，應該是八十年前吧。反正四捨五入，算一百年前好了。」
她和其他妖精一樣粗枝大葉……
「不知不覺中，我在這個世界上獲得了生命。然後只知道自己是月亮妖精。」
是這樣的嗎？因為我知道的案例不多吧。何況妖精們對妖精這個概念並不感興趣。
「法露法，夏露夏，是不是和妳們兩人誕生時相似？」
「法露法和夏露夏也是這樣突然誕生的喔。」
「不過，夏露夏也知道自己是史萊姆的靈魂凝聚而成，所以已經明白誕生的前因後果。與她的例子不太一樣，不過也可以說夏露夏和姊姊才是例外。畢竟妖精都是突然誕生的。」

夏露夏的說明有一點專門，但簡單來說，依努妙克是妖精似乎不足為奇。

「不過說是月亮妖精，卻沒有任何特殊能力，不知所措。而且似乎也不能干涉月亮。」

依努妙克回想過去。

一下子叫她以妖精的身分從頭開始，其實也滿辛苦的。

「無可奈何之下，我在餐廳打過工。然後看了幾本月亮的書籍，卻只知道傳說這種層次的故事，所以放棄了。」

畢竟是奇幻世界啊……

我反而對這個世界的天體感到好奇。

我很久沒有深入思考過。話說這個世界該不會也位於銀河系的某處吧……？至少白天和夜晚都不缺，抬頭仰望天空，有太陽、月亮也有星辰呢……

不過問題在於，這個世界的月亮和我在地球見過的月亮是不是一樣。

如果要深究這個問題，就會變成「這個世界究竟是什麼地方」。梅嘉梅加神應該知道吧。

應該會被她岔開話題。不如說她多半根本不知道……

至於最重要的——

依努妙克繼續說下去。

「之後我繼續嘗試靠自己，摸索生活方式。可是我無依無靠，又沒有一技之長。不知道該如何是好，在餐廳渾渾噩噩地工作了大約三十年。」

不愧是妖精，渾渾噩噩的期間真長啊。

「既然這樣，當然會想從事與月亮有關的工作吧？然後某一天，我走在鎮上，發現有間天體占卜的攤販，才會想到走這一行。」

「對喔，月亮也是天體啊……」

「之後我靠自己的方式精通占卜術，出師後當占卜師當到現在。以穿街走巷的占卜師而言，日子還過得去。」

「不好意思，可以問一個問題嗎？」

哈爾卡拉舉手發問。

「月亮的力量究竟是什麼東西，還有那首獨創的歌曲，究竟有什麼意思？」

「月亮的力量包含了心情。」

這個答案聽起來好不確實。

「歌曲則是隨口編的。」

原來沒有深層涵義喔！

「不過我很喜歡那首歌。還經常邊哼邊散步。」

因為她雲遊四方才沒引人注目。如果定居下來，肯定會成為鄰居傳聞中唱怪歌的人……

「啊，占卜師我倒是當得很認真喔。當年寄人籬下的時候，我的工作是撰寫鎮上宣傳雜誌的占卜專欄。空閒時間閱讀大量占卜師的相關書籍，另外還向占卜師拜師學藝，學過幾招。」

原來她純粹靠本事當占卜師嗎？

「靠實力這一點很了不起，可是精神上絲毫沒有妖精的元素呢……如果宣稱有神明的啟示之類，工作上應該比較賺錢吧……」

哈爾卡拉果然以賺錢與否為基準。

我明白她的心情。因為會來占卜的人，都希望能依靠自己難以想像的力量。

「有什麼關係，我在占卜師這一行已經屬於高收入的前兩成了。畢竟絕大多數占卜師無法光靠本業過活。也有很多主婦利用自己的家，從事占卜師當副業呢。」

其實不用提到這麼詳細的占卜師業內話題。

這時候依努妙克抱住頭。

「可是我在占卜師這一行做得愈久，就愈煩惱『月亮妖精究竟是什麼啊』。該說生活穩定之後，反而會思考這些根源性的煩惱嗎……」

她的煩惱出乎意料地沉重呢。

自己究竟是什麼。

我由於記得很清楚，自己轉生成為長生不老的魔女，所以沒有這種煩惱。我認為自己已經充分享受了慢活，如果嫌到發慌就去旅行之類，設定一個新的目標就好。

可是天生只有一個月亮妖精的設定，沒有進一步的資訊，肯定會很痛苦吧。

「明明是月亮妖精，為什麼不能對月亮造成任何影響？何況還有其他妖精嗎？我完全沒見過！甚至不太清楚妖精這種概念！沒有人能回答我這種問題！」

萊卡與羅莎莉露出難過的表情，聽她敘述。

至於芙拉托緹則進入了夢鄉……共情能力的高低真是顯著啊。當然，芙拉托緹要是思考龍族的存在意義，反而很詭異，所以這樣無妨。

話雖如此。

依努妙克遇見我們，應該是碰到貴人了。

「妖精究竟是什麼，法露法和夏露夏可以告訴妳！還可以尋求其他妖精的協助！」

「只要告訴悠芙芙小姐，幾十年或是幾百年後，應該會收到舉辦世界妖精會議的通知。放心吧。」

法露法與夏露夏迅速如此提議。

嗯，她們可以教依努妙克關於妖精的知識。

「謝謝妳們……真像奇蹟一樣呢。」

依努妙克眼睛泛起一絲淚光。

真想不到會幫助妖精，受到感謝其實還不錯。

「那就免費占卜做為答謝吧。有人想要嗎？」

我拍了拍萊卡的背。

「機會難得，讓她占卜一下吧，萊卡。」

畢竟她的確喜歡這一套。

「吾、吾人知道了……」

萊卡碰到這種時候容易畏縮，所以我要推她一把。我好歹也是師傅，得關心徒弟這方面才行。

「妳是龍族女孩吧。想要占卜什麼呢？」

「吾人在戰鬥時，該先跨出右腳呢，還是先跨出左腳呢？」

這個問題也也太針對實戰了吧！

「呃……這種問題……應該問專家才對……」

連依努妙克也傷腦筋。

就算月亮要幫忙引導，也不可能連這種事情都知道吧。

「那、那麼……吾人一直很猶豫戰鬥時吐出火炎的時機，該怎麼使用才是最佳選擇呢？如果沒中的話會增加破綻……」

「這也應該去問專家。我沒吐過火，所以不知道……難道妳沒有無法決定而煩惱的事情嗎？」

「這種事情，應該由自己選擇方向！吾人想過即使會反省，但是不會後悔的人生！」

「內心這麼堅強的人不需要占卜！」

我也這麼認為！

雖然萊卡對占卜感興趣，

「那、那麼……占卜這一年的運氣如何……？」

乾脆交給占卜的專家吧。

「麻煩您了！可是……剛才占卜時唱的那首具備獨特感性的歌曲，非得一起唱才行嗎……？」

萊卡害羞地紅著臉，低下頭去。

「既然都說得這麼難聽，妳乾脆直接說歌曲很胡鬧，我還比較舒坦一點！不想傷害對方的善意謊言太明顯了，反而很傷人耶！難道妳的人生中會用『獨特的感性』當作稱讚的形容詞嗎!?」

依努妙克這番話說得沒錯……

「不好意思……吾人會拋棄羞恥心，勇敢唱出來的！」

「居然說我的歌必須拋棄羞恥心才唱得出來啊！我作曲時好歹也非常講究耶！」

至少可以確定，月亮妖精毫無唱歌的品味！

萊卡一年的運氣很抽象，結果是「還好」。

人生啊，「還好」才是最好的。如果好的不得了，一旦從高峰跌落，就會覺得很糟糕。若是一直低調，又會覺得很辛苦。

所以人就應該孜孜矻矻，適度地快樂活著。

之後既然機會難得，幾乎所有人都讓她占卜了一遍。

至於為何是「幾乎」，是因為芙拉托緹毫不感興趣。

「接下來換龍族的妳了。想要占卜什麼？」

「剛才萊卡也說過，自己的未來要靠自己開拓。不論占卜的結果是什麼，都與我無關。我芙拉托緹就是芙拉托緹。」

「一說出口就覺得帥到不行耶……」

照理說她的生活方式根本就只是沒想太多，卻覺得她說得好有道理。

「沒錯。個性死心眼的人不需要占卜。占卜是提供猶豫的人跨出去的勇氣。對某些事物感到不安的人才需要占卜，所以沒有迷惘的人只要直接前進即可。」
她也提供職業占卜師的回答。
這位月亮妖精即使有煩惱，依然是相當專業的占卜師。
以前她肯定靠占卜，讓數不清的人露出笑容。
「還有，那首『月月，月月月♪』的歌好俗喔。」
「不是啦！是『月月月月♪』才對！妳唱得絲毫沒有熱情的感覺嘛！」
她對歌的要求還真多耶！
「不管怎麼樣，俗氣就是俗氣。音高太平板了，很難唱。最後要反覆唱好幾次的話，試試看轉調不是比較好？」
芙拉托緹在音樂方面的指正倒是有模有樣。
因為她有音樂方面的感性。
「我芙拉托緹試著幫妳編曲吧。既然現場沒有魯特琴，會有一點不準確。」
然後過了大約十五分鐘。
「雖然你說過　轉生的話想成為太陽～♪　但是我認為　不那麼耀眼的月亮比較好～♪　（中間省略）　在漆黑的夜晚悄悄指引道路　我想成為這樣的人～♪
——雖然唱得很亂，但我編成這樣的曲子。」

法露法與夏露夏活力十足地拍手。我也用力鼓掌。
如果現場有吉他，可以彈唱的話，或許早就駐足聆聽了。
「芙拉托緹果然有音樂的品味。歌曲變得很有模有樣喔。」
「聽到主人這麼稱讚，芙拉托緹也很開心。」
芙拉托緹似乎也很高興。
可是——
「這樣根本沒有保留原曲嘛！重來！應該說要根據原曲版本改編！」
依努妙克似乎不太能接受……
「原曲差勁到根本沒有保留的價值，有什麼辦法。」
「如果不能為占卜提供靈感，就算歌唱起來很帥氣也沒有意義！」
畢竟最好是唱她本人最喜歡的曲子。
另外我也請她占卜今後幾年的運氣。
同樣仔細唱了那首怪歌。聽太多次，彷彿連夢中都會想起旋律……
「妳本身雖然不會動搖……但是各種麻煩會找上妳呢……由於會來得相當極端，最好提高警覺喔。」
「嗯……我每天都實際感受到……」
自從練到滿級後，我的體質就很會招惹麻煩！

至少我親身體會，她的占卜相當靈驗。
不論人類或妖精，只要善用自己的專長生活，就是最好的。

◇

然後我帶領依努妙克，前往水滴妖精悠芙芙媽媽的家。
目的當然是告訴她關於妖精的資訊。
大批人上門也會對悠芙芙媽媽造成困擾，所以高原之家只有我參與。
另外我還找了松樹妖精蜜絲姜媞。這種場合妖精來得愈多愈好吧。
「哦～月亮妖精小姐啊～真是相當珍貴呢～」
悠芙芙媽媽露出與平時相同的笑容，接納依努妙克。
「像我這樣的天體妖精，果然是第一次聽見嗎？」
依努妙克急著詢問。看起來依努妙克才是占卜的顧客。
「這個呢，至少我沒聽過太陽妖精。就算有，可能也有點太強了吧。雖然我不了解天文學，但如果能自由操縱太陽，可會出大問題呢。」
造成的影響應該足以毀滅世界。
不過也沒有證據能證明，這個世界呈現類似地球的球體呢……

我沒聽過有人成功環繞世界一周。連各方面都十分進步的魔族似乎也尚未掌握。能高速移動的龍族好像同樣沒有飛行世界一周的紀錄。

這方面的領域果然應該向神明請教。有機會的話，問問看梅嘉梅加神或仁丹吧……

「所謂妖精，掌管的基本上都是存在於這個世界的某種事物捏。悠芙芙小姐是滴落的水，我則是松樹這種植物捏。既然知道有月亮妖精存在，代表很難否定有其他天體的妖精捏。」

可能媒人當久了，蜜絲姜媞十分能言善道。找她來真是太好了。

「不過就像悠芙芙小姐所說，以前沒見過天體妖精捏。因為月亮存在於這個世界的外側捏……知道有這種妖精，就已經是大新聞了捏。」

啊，如果假設這個世界就是星星，那麼月亮就是不同的星星吧。

「如果風妖精知道了，可是會報知各地妖精的大事捏。」

「等等，風妖精的事情經常有人提到，究竟是什麼妖精啊……？」

「他們會依靠風中傳聞，散布各式各樣的情報捏。不過謠言也不少，需要謹慎斟酌的能力捏。有些妖精一聽到來源只有風妖精，就完全不相信捏。」

可靠程度堪比八卦雜誌……

「不過既然知道妳是妖精，下一屆世界妖精會議就會寄給妳通知～雖然還不知道何時會舉辦，但是從想到要辦～可能會拖三個世紀，或是五個世紀～也有可能出乎意料，在明年舉辦～」

只要舉辦會議的是妖精，這種粗枝大葉的特點大概永遠不會變。

「謝謝悠芙芙與蜜絲姜媞兩位。我現在逐漸明白自己是什麼人了。」

依努妙克也露出開朗的表情。

畢竟略為接近了自己的根源，更重要的是，今後也能參加妖精的社群吧。

比起獨力生活，藉助許多人的幫助肯定比較輕鬆。

希望精靈彼此之間能互助合作。

「有興趣的話，可以再來這裡嗎？」

「當然可以。我會事先烤好美味的煎餅喔。」

悠芙芙媽媽具備來者不拒的屬性。

「不過我究竟該如何來到這裡呢……」

「哦，妳不會空間移動嗎？」

「悠芙芙小姐，不是每個妖精都會的捏。」

妖精的定義已經動搖了……麻煩妖精之間相互幫忙吧。

「也謝謝亞梓莎，看來可以擺脫孤獨的日子了。」

依努妙克也向我道謝。

「彼此彼此。妖精和魔女在這個世界上都不普通，就讓我們在不麻煩彼此之下交朋友吧。」

「嗯，我應該會暫時以納斯庫堤鎮所在的周圍為中心晃晃。有機會的話再見面吧。」

不錯，最後幫助了他人，我也覺得不壞。

不過在場還有人要找依努妙克小姐。

「話說依努妙克小姐，方便的話希望能在我的神殿前方工作捏。」

蜜絲姜媞搓著手，主動交涉。

「沒有壞處的捏～聽聽我的條件也好捏～」

我有不太好的預感，還是注意一下蜜絲姜媞究竟想做什麼吧……

◇

過一陣子後，我乘坐龍型態的萊卡，前往蜜絲姜媞神殿的總殿。

以前門可羅雀的神殿前方馬路，人潮也開始稍微恢復了。

這一點非常理想。年輕女性的數量應該也增加了吧。

不過光是這樣還不能放心。

神殿附近有間殿特別熱鬧，甚至排起了隊伍，堪稱奇蹟。

我抬頭仰望那間店的招牌。

蜜絲姜媞神殿公認店鋪

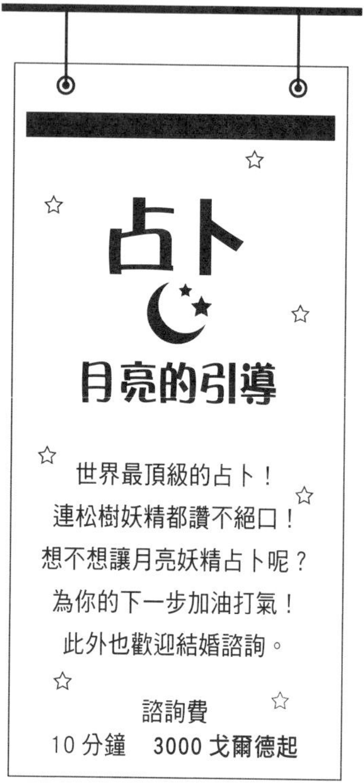
占卜
月亮的引導
世界最頂級的占卜！
連松樹妖精都讚不絕口！
想不想讓月亮妖精占卜呢？
為你的下一步加油打氣！
此外也歡迎結婚諮詢。
諮詢費
10 分鐘　3000 戈爾德起

「果然沒錯！」

先不考慮費用比以前貴，我有一點好奇。等結束營業後再去一趟吧。

另外從店內傳出那首「露娜露娜～♪」的歌，這部分她似乎堅決不打算改變。

排隊的顧客也笑出聲音。

「果然很奇怪呢。」「雖然是第一次聽，但是好好笑。」

因為奇怪的歌，變得愈來愈有名……或許結果還ＯＫ。

等到太陽下山，占卜店結束營業後。

我前去拜訪店內的依努妙克。不愧是常設店鋪，裝潢相當正式，畫著夜空與晶瑩月亮的圖畫。

「哦，這不是亞梓莎嗎？我受到蜜絲姜媞的委託，在這裡開店。」

「嗯，帶我來的蜜絲姜媞已經告訴過我了，所以我知道。」

蜜絲姜媞則臉色蒼白。總覺得她內心有愧。

「這、這個……我覺得在歷史悠久的結婚神殿前，開設占卜店剛剛好捏……只有這樣捏……也可以占卜結婚典禮的黃道吉日……」

「欸，依努妙克。她有沒有叫妳向每一位顧客宣傳，在蜜絲姜媞舉辦結婚典禮會獲得幸福？」

「老實說，有提出接近的要求。」

依努妙克回答得很乾脆。

我瞪了一眼蜜絲姜媞，她隨即別過臉去。

「不過我沒有照辦。如果不停撒謊，會導致占卜師生涯完蛋。如果彼此不適合結婚的，我會如實告知；沒有錢舉辦典禮的話，我會勸新人別打腫臉充胖子。」

咧嘴一笑的依努妙克回答。

「依努妙克，還好妳很正直。」

希望這位月亮精靈能有好報。

「看，沒什麼問題捏……？」

「如果我發現妳做出接近詐騙的行徑，我就向風精靈散布留言，說蜜絲姜媞神殿專門騙人。」

「饒、饒了偶捏！」

之後蜜絲姜媞拚命低頭保證，我才決定原諒她。

# 與乾女兒前往冒險家大賽

She continued destroy slime for 300 years

「昨天也沒來……」

我盯著月曆，同時露出有點不滿的表情（我沒有照鏡子，所以是猜測的）。

「師傅大人，別西卜小姐三天前才來過喔。」

哈爾卡拉在廚房清洗蔬菜，同時開口。她今天似乎也沒去工廠。

「沒有，我不是在等別西卜。」

「那麼是在郵購訂了什麼東西嗎？最近飛龍郵購變多了，愈來愈方便了呢～」

「這種東西已經普及了啊……時代在變呢……另外也不是在等郵購。」

我猜哈爾卡拉不知道，乾脆早點告訴她。

「話說，我有一個乾女兒席羅娜。」

「噢，以前聽師傅大人提過的那一位吧。」

之前在依努妙克的店見到席羅娜時，有提到她的事。

「雖然她的個性不會積極前來找我……但也差不多該來玩一趟了吧，所以我才等她來。乾脆我去找她算了……」

不過只有我去的話，她多半會不理不睬。問題是全家動員也會造成麻煩。

我想說的是，希望向其他家人介紹席羅娜。

可是席羅娜不主動前來高原之家，就很難做到。

「席羅娜在『這名冒險家真厲害！』的新人部門得到第一名吧。前來購物的冒險家偶爾會提到她。」

「原來如此……果然很有名啊……」

「不過要名列前茅，不只得靠實力，衝擊性與外表也非常重要。似乎也有很多冒險家說，那種排名根本就不可靠。」

還真是露骨耶！

「畢竟是人類的人氣投票啊。這五十年來，包含新人部門，名列前茅的冒險家幾乎都是女孩。因為冒險家這一行是男性社會，男性冒險家願意投票的女孩才會晉升名次。」

「和單純的偶像投票差不多耶！」

體制的問題比我想像中還大。

「至於在綜合排行榜，人脈特別廣的冒險家會和有投票權的公會職員打好關係。每一次都會擠進中堅名次，問題似乎相當多。」

連冒險家這一行都會扯到政治，真難受……
我對這一行原本的印象，是隨時有生命危險的人們生存的世界……
但如果太孤芳自賞，就不會有名氣，也得不到票嗎……
「排名僵化是任何領域都存在的問題。別西卜小姐也說過，魔族地區的名店排行榜，每年名列前茅的都是那幾間，沒意思。」
「超級有名的店的確會一直霸榜呢。」
沒有哪間受歡迎店鋪的美味會年年劇烈變化吧。只要上榜一次應該就會盤踞很久。
「所以在魔族地區，將名列前茅兩次的店訂為『殿堂級』，無法再投票。這種做法愈來愈普遍。」
「任何地方都有不同的方案呢。噢，話題偏離了。」
我的目的不是要聊排行榜的哲學。
「我想先向席羅娜介紹一次家人。她是法露法與夏露夏的妹妹，**我的（乾）女兒**。可是她始終不來……要不要乾脆發邀請函算了……」
「啊～可是新人部門冒險家排名第一，代表現在應該相當忙碌喔。可能到各地遠征了吧？」
「啊，有道理……」

畢竟是冒險家，外出冒險很正常。

如果去遠方的話，幾個月沒回家也是常有的事。

「能不能從新人的亮眼股進入綜合排名前幾名，成為穩定的冒險家，要看這段時期的表現。她目前應該在各地公會露面，為自己宣傳吧。因為會不斷出現可愛或是漂亮的女孩。」

我不想聽這種像是偶像業界的嚴苛真貌！

「精靈之類的長壽種族問題還不大，可是年紀一老，人氣也會滑落呢。大名鼎鼎的前任女性冒險家還在著作上記載：『女性冒險家要趁能賺錢趕快賺。別以為到了四五十歲還能受人吹捧。要趁頭十年賺取一輩子的收入，然後提早退休』。」

雖然我已經活了三百年，但總覺得這個世界的奇幻元素未免太薄弱了。

「所以說，席羅娜目前是努力的時候。年輕就是本錢。」

「席羅娜是法露法與夏露夏的妹妹，也就是史萊姆妖精，所以容貌應該不會老化。」

「即便如此，一旦曾經爬到高位，然後跌落神壇的話，會給人走下坡與衰退的印象。所以現在還是要努力。」

「實在是太寫實了……」

「一旦讓別人覺得自己走下坡，辛苦程度遠遠超乎想像。負面形象會如影隨形，所以要趁默默無名的時候鍛鍊，一口氣衝上排行榜前茅比較好。」

哈爾卡拉真是口無遮攔。難道製藥業界也有類似情況嗎？

「偶爾會有走下坡的老手戴上鐵面具，以神祕鐵面具新人出道的例子，但是感覺很假呢。大名鼎鼎的前任女性冒險家也在著作中提到『想要東山再起，遠比單純出道受到吹捧更加困難』。」

我開始想看看那位前任女性冒險家的著作了。

「總之，席羅娜很有可能正在行遍全國吧。身為冒險家，這應該是正確的生活方式。」

如此一來，她當然來不了高原之家，沒辦法。

何況我上輩子在當社畜的時候，幾乎哪裡都去不了……

假日根本沒有體力玩耍，而且幾乎沒有假日可言。

——在我想著這些事情的時候。

傳來咚咚，咚咚的敲門聲。

「哦，是誰呢。」

我來到門前，緩緩開門。

有句俗話是說誰誰就到。

席羅娜站在門外。

以前也是一樣，這次同樣板著臉孔，一副大牌的模樣。

「妳好，乾媽。我是埃迪爾邊境伯席羅娜。」

她特別強調『乾』這個字呢。

「好啦好啦，好久不見了。今天是來玩的嗎？」

這時候，她稱呼我為乾媽也無所謂了。

現在先為席羅娜的來訪而高興吧。時機真是巧啊。

「不，我不是來玩的。我和乾媽不一樣，還算滿忙的。」

對許久未見面的對象說這種話啊……不過忍耐吧，她的個性就是這樣。

「我有事前想商量才會前來。我認為乾媽或許會有方法吧。」

既然有事相求，態度應該好一點吧，但我還是忍耐。

親子關係不見得只有孩子撒嬌而已。

這種天不怕地不怕的女兒應該也很常見。

既然女兒變多了，我身為母親也得成長才行！

「那就進來坐吧。機會難得，我去叫家人來。」

「知道了。這一點可以讓步——」

全部聽完我多半又會被惹怒，所以我先離開房間。剛才我聽到讓步這兩個字，讓步！有求於人怎麼可以用這兩個字啊！

相信剛才在廚房清洗蔬菜的哈爾卡拉，能幫我搞定席羅娜的態度。

我召集在各自房間的家人，以及在附近飄盪的羅莎莉，和埋在土壤裡的桑朵菈。與普通家庭不一樣，我們家人所在的範圍很寬廣，相當累人。

暫時安排好了自我介紹的場合。

「來，這一位就是埃迪爾邊境伯席羅娜。算是史萊姆妖精法露法與夏露夏的妹妹，以及我的——」

「——乾女兒。」

席羅娜生硬地表示。她似乎堅持乾女兒的關係。

「目前擔任冒險家，以此為生。似乎已經有人知道了。」

「我剛才向她要了簽名喔！」

哈爾卡拉真是機靈。

另外哈爾卡拉手中的筆記本寫著「黑的也要說成白的。席羅娜」這幾個字。應該是座右銘吧。雖然總覺得問題很大……

「真高興妳前來呢～♪」

「身為姊姊歡迎妳的到來。身為姊姊。」

法露法與夏露夏理所當然歡迎她。尤其夏露夏能展現身為姊姊的風範，似乎非常開心。還特地強調姊姊這兩個字。

「兩位姊姊，好久不見了，我是席羅娜。」

席羅娜也向兩位姊姊略為撩起以白色為基礎的服裝，行正式貴族禮。對兩人的表情也和緩許多。

另外雖然有貴族風範，但她並非真正的貴族。埃迪爾邊境伯也只是自稱而已。畢竟她是不久之前才誕生的史萊姆妖精……

「既然是大姊女兒的妹妹，就像家人一樣吧。我是幽靈羅莎莉，妳好呀！」

「我是曼德拉草桑朵菈。既然是史萊姆妖精，代表不會破壞植物，比人類好多了。」

「妳是冒險家吧。我想和妳比力氣！」

第一次見面的家人接連打招呼。雖然很難說最後的芙拉托緹是打招呼，不過在藍龍的世界應該算數吧。畢竟也有一對話就開打的遊戲。

「恕難從命。這種事情一毛錢都拿不到吧。」

她果然對姊姊以外的對象十分冷淡……

「妳說什麼！就算賺不了錢，比力氣贏了也很開心啊！」

「我才不管。如果妳這麼想比，那就參加大賽之類吧。」

雖然席羅娜對芙拉托緹十分冷淡，可是話說回來，參加武術大賽之類的比賽也不錯。反倒是芙拉托緹以前幾乎沒參加過武術大賽，這一點比較神奇。

「藍龍已經被許多大賽下達禁令了。」

以前到底惹過多少麻煩啊！

「藍龍會毫無意義地破壞會場，所以受到主辦方的厭惡……雖然不只是芙拉托緹的錯，但有一半是自作自受……」

萊卡幫忙說明。看來藍龍在龍族中也是特別大的麻煩。

「因為我芙拉托緹，遭到禁止參加的大賽就有五個。」

根本就進了黑名單嘛！

「比力氣的話題就到此為止吧。今天我會來，是因為有件事情想找妳商量。」

席羅娜的表情略為陰沉。

難道她也有困擾的事情嗎？雖然我不太能想像。

「其實自從在『這位冒險家好厲害！』的新人組隊部門晉升第一名後，就受到一起攻略地下城的邀請。」

原來還有組隊部門。

冒險家組隊行動比較普遍，其實不意外。

「這些邀約本身並不壞。我原本就想參加冒險家的技能評審大賽，內容是組隊攻略位於南方的米納・米亞・沙加亞樹海。留下好成績的話，在冒險家業界也會名聲更響亮。」

「噢，米納・米亞・沙加亞樹海可是冒險家的四大技能評審大賽之一呢。」

哈爾卡拉似乎聽懂了，但我完全聽不懂……

「欸，技能評審大賽是什麼意思？應該說我不明白大賽這種概念……」

「似乎有人不太明白，那就由我說明吧。」

席羅娜故作姿態地嘆了口氣。

愈來愈不像拜託人的態度了喔……真想看看她父母長什麼樣。等等，就是我嘛！

不過我缺乏教育她的時機，所以不是我的責任。嗯，不是我。

「這年頭，就算冒險家也並未與魔族打仗。國家有國家的正規軍隊，人類的國家也沒有相互爭戰。所以和以前相比，存在意義變得非常低。說得極端一點，可有可無。」

席羅娜這番話很不好聽，但她在陳述客觀事實吧。

「因此冒險家的實力也得以競賽之類的方式測量。為了衡量冒險家具有多少實力，會舉辦共同探索特定區域的大賽。這就是技能評審大賽。」

「冒險家這種職業已經變成運動了嗎？」
「幾乎是這樣沒錯，乾媽。」
不要連沒必要的地方都喊乾媽啦。
「當然，有些冒險家的工作類似在地的萬事通，賺取日薪過活。也有冒險家奉獻人生，完整攻略在地的小規模洞窟。但是要在業界闖出名號，大賽等活動的成果就相當重要。」
意思是有人基於興趣，也有人以高升為目標吧。
上輩子的體育也差不多像這樣。有職業選手，也有業餘愛好者。
「話說我好像聽弗拉塔村公會的娜塔莉小姐說過類似的事情……」
「亞梓莎大人從事的狩獵史萊姆任務，屬於與在地息息相關的工作。狩獵魔物，保護當地安全吧。」
「萊卡說得沒錯。雖然史萊姆就算增加，也不會有危險。」
「不不不，如果置之不理增加的話，小孩子會受到包圍而受傷。所以有必要狩獵！」
「沒錯，萊卡小姐說得對，壞史萊姆有危險。」
「壞史萊姆太多的話，善良史萊姆也很難增加喔～」
史萊姆妖精女兒們都這麼說，應該是真的。雖然我到現在還很難區分善惡。

「總之從妳成為組隊部門第一名，到獲邀組隊這裡我明白了。但是妳有無法坦率地加入的原因吧？」

席羅娜點了點頭。

既然她來找我商量，代表其中肯定有問題。

「是的，邀請我的隊伍根本就沒辦法加入。最後我還是拒絕了。」

只見席羅娜一臉憂愁。

「那支隊伍的成員有這麼糟糕嗎？」

席羅娜緩緩點頭同意。

**「因為他們的隊伍叫『黑騎士團』，全身穿著黑色的鎧甲！」**

「啊？」

不明就裡的我一臉茫然。

「他們從頭到腳都是黑的！真是差勁透了！服裝當然要以白色為基本啊！竟然偏偏穿黑色，簡直豈有此理！」

啊，對喔，原來是這樣。

她特別堅持白色。連所有寵物都是白色的動物……

「我說啊……這一點可以妥協吧？畢竟每個人對顏色的偏好都不一樣。」
「乾媽，我會喜歡白色，是因為我認為白色才是至高無上的顏色！這可是有確實的概念喔！」
「噢，好。」
席羅娜的情緒十分激動，話特別多。我開始覺得麻煩了。
「另一方面，對方甚至連自己的喜好都沒有！我還問過『黑騎士團』的成員，為何要堅持穿黑色。結果他們的回答是『穿黑色可以讓髒汙不明顯』！」
「這個原因好實際！」
「如果他們認為漆黑的黑暗才是誕生一切的泉源，基於這種價值觀而統一穿黑色，我就接受，也願意妥協。可是僅僅為了髒汙而決定穿什麼衣服的人，我實在無法與他們為伍！」
席羅娜特別自我感覺良好。
難怪會與邋遢的冒險家產生衝突……
「所以我無法保持冷靜，忍不住向對方嗆聲：『請不要再對我說一個字。下次要是再開口，我就讓你們化為白骨。』」
連吵架都要加入白色啊。
「這次的技能評審大賽必須組隊參加。這樣下去我根本無法參賽，無法留下成續。走投無路之際，抱著死馬當活馬醫的心態，才會來到這裡。」

「原來我變成獸醫啦。」

我有三成真心話是「關我什麼事」。

雖然她是女兒，我沒辦法這麼說……

「席羅娜小姐，吾人認為可以與『黑騎士團』以外的冒險家組隊。」

呵。

對於萊卡的疑問，席羅娜露出空虛的笑容。

**「我沒有朋友。」**

**「那怎麼不去交啊！」**

身為母親，我忍不住吐槽。這我實在聽不下去了……

「乾媽，請妳別誤會。我的意思是沒有冒險家的價值足以和我做朋友。所以這不能怪我。」

「拜託，就是因為妳說這種話，才無法交到冒險家朋友吧？」

「我好歹也是新人部門第一名，怎樣？」

結果席羅娜瞪了我一眼。

總覺得因為她得到第一名，反而讓她的自尊心變得高不可攀……

「事實是，我在其他冒險家當中找不到有價值的對象。新人部門第二名的穿搭特別以粉紅色為主，走可愛風格。第三名雖然穿著包含白色，卻是以白色與黑色組成花紋。第四名則是大膽使用繽紛的原色系色彩……」

怎麼說著變成時尚界了啊？

簡而言之，沒有其他冒險家全身上下都是白色的意思吧？

「即便如此，該說男性冒險家的色心一覽無遺嗎？滿腦子只想與新人部門第一名的女性組隊……一想到他們可能會偷看我洗澡，就實在太噁心了，想都別想……」

「啊……妳有一半算是偶像呢……」

在男性為主體的冒險家業界活躍的女性冒險家——門檻本身就比男性冒險家高得多。

「而且如果隨便加入只有男性的隊伍，有可能引發眾怒，導致排名大幅滑落。所以我能參加的隊伍本來就很有限……」

意思是限制很多，傷透腦筋是事實嗎？

「所以……能不能借用一下妳的智慧呢……？」

說到最後，連原本強勢的席羅娜，聲音都變得很微弱。

雖然她說要借用我的智慧，實際上是這個意思吧。

——希望我以隊伍的身分一同參加。

「知道了啦。如果妳不嫌棄的話。」

我緩緩從座位上站起身。

「身為乾媽，就讓我幫點忙吧。不過用亞梓莎的名字參加太顯眼了……需要一個假名……」

席羅娜看著我的臉，然後立刻害羞地別過視線。

「謝、謝謝妳，乾、乾媽……」

聽起來好像勉強算是開口喊媽媽喔……

不過她一臉害羞地道謝，其實並不壞。

受到乾女兒拜託也不錯，乾媽會加油的。就讓妳見識乾媽的本領吧。

「那麼兩人就可以組隊了嗎？」

「不，需要三人以上。」

這麼說來，還要考慮到前往當地——

我看向萊卡。

「也務必讓吾人參加吧！」

在我開口之前，萊卡就自告奮勇。

「那麼隊員就確定啦。」

「主人，芙拉托緹也想去！」

啊，一副要比力氣的芙拉托緹也站了起來。

「妳太有名了，不行。」

席羅娜揮揮手拒絕。

「我芙拉托緹的威名已經傳得這麼遠了嗎！」

「妳以前惹出太多麻煩了。在妳的老家，曾經有許多委託的內容是『盯著別讓芙拉托緹跑來搗亂』。」

連在冒險家的世界都上了黑名單！

於是在我們家，只有我和萊卡參加大賽。

◇

到了技能評審大賽當天的早晨。

我的頭上戴著附有角的髮箍。

「亞梓莎大人……那對角，果然非常可愛呢。」

萊卡面紅耳赤。為什麼只是多了角，就會有這種反應啊。

「萊卡，妳動心的對象不是多了角的我，而是這對角吧。」

「不，並不是這樣的……但是龍族難免會在意頭上的角……」

實際上等於肯定了呢。

應該有些動物會依照角漂不漂亮決定吸引力，所以其實不足為奇。

我們在靠近米納・米亞・沙加亞樹海的鎮上投宿。

這片樹海位於高原之家一直往南的地區。就算乘坐萊卡前往，也需要在前一天過夜。

「算了，無妨。從今天開始的冒險期間內，我的身分不是亞梓莎，而是亞梓薩多。就拜託妳們配合啦。」

亞梓薩多是以前攻略布加比地底遺跡時，使用過的假名。

雖然聽起來不太像假名，但我假裝自己是龍族以蒙混過關。

「好的，我明白了，亞梓莎大人！」

「拜託！連一分鐘都沒撐住吧，萊卡！」

居然犯這種超級經典的錯誤。

「啊……不好意思，亞梓莎大人……啊，吾人又說錯了……」

萊卡顯得相當混亂。

對彬彬有禮的萊卡而言，或許太習慣稱呼我為「亞梓莎大人」，無法順利喊出假名吧。

問題是高原魔女的身分穿幫，可就麻煩了……只能讓她努力適應了。

「對了，亞梓莎大人。」
「妳根本不想叫我亞梓薩多吧。」
開始懷疑她犯錯的次數已經超過不小心，而是帶有惡意了。
「對、對了。」
哦，想出乾脆不喊名字的方式了嗎？
「席羅娜小姐去哪裡了呢。一大早就出門，到現在還沒回來。」
沒錯，我一醒來就沒看到席羅娜的蹤影。
不過她並非一聲不響開溜。似乎告訴過已經起床的萊卡，她要出去一趟。
「說不定是去找白色的食物吧？」
「……很有可能。」
昨晚她也只吃表面呈現白色的麵包與白起司。
我說偏食對身體不好，她回答我「我是史萊姆妖精，所以沒問題」。這我反倒能接受呢……
不過這麼一來，法露法與夏露夏豈不是完全不需要吃蔬菜了嗎？問題是，將來如果她們真的不吃菜，多半也很傷腦筋……
即使位於鄉下小鎮，旅館依然相當熱鬧。其他房間還傳來笑聲般的聲音。
應該多半都是準備前往樹海的冒險家吧。

「好像登山之類的全國大賽呢。」

畢竟沒有那麼多凶惡的魔獸。就算有，說不定還是魔族負責管理的。所以在這種時代，冒險家也只能在大賽等場合上展現技藝。

「雖然是突如其來的活動，但是可以展現平時鍛鍊的成果，吾人十分開心！」

萊卡雙手緊緊握拳。

「萊卡真是優等生呢，要適可而止喔。而且……萊卡如果卯足全力，可能會輕鬆贏得大賽冠軍……在我出現之前就已經是南提爾州最強了吧？」

「不不不……當時只是吾人太自滿……應該還有更厲害的人……」

即使萊卡說得謙虛，但應該不可能。因為她的個性是一旦知道自己的極限，每一次都會坦率地反省，才會變得愈來愈強。

在我們聊天時，房門喀嚓一聲開啟。

席羅娜回來了，而且還帶著一個特別大的包包之類。

服裝還是一樣白。還有顏色其實無關緊要，可是像禮服一樣的服裝實在不適合戰鬥。不過萊卡也穿著平時的服裝前來，或許大同小異。

「兩位好啊。我之前出外尋找了一些東西。」

「尋找什麼呢？」

「讓兩位看一看比較快。」

席羅娜從包包中取出的——
是雪白色的服裝。
還不是一件兩件，而是很多件。
「咦，這是什麼？」
「是衣服啊。」
「不是，我要問的不是這個！為何要帶衣服來啊？」
「麻煩兩位也換上白色的服裝吧。要展現純潔無瑕的精神，穿純白的服裝是最好的。」
「拜託拜託！這樣髒汙更加顯眼耶！」
比髒汙更嚴重的是，從頭到腳白色的冒險家隊伍很恐怖……
「乾媽，已經有漆黑的騎士自稱黑騎士組隊參加了，所以絲毫不用在意。既然黑色都可以，白色沒有理由不行。」
「呃，黑騎士是鎧甲吧？我們穿的卻不是鎧甲，而是普通的服裝！話說還有好幾件衣服像是參加舞會或婚禮時穿的……」
「結婚典禮也必須展現純潔無瑕的精神，所以用途相同啊。」
為什麼結婚典禮的服裝與冒險家穿的服裝一樣啊。
「乾媽，妳願意幫助我吧？那就請聽我的指揮。畢竟又沒有要求乾媽穿孝服上戰場。」

在戰場上穿舞會用禮服與孝服，難道不是同樣不協調嗎……

「另外還有其他好處喔。」

「哦，那就說來聽聽吧。」

「穿著超普通裝備的大批冒險家當中，**穿純白禮服看起來顯然是強者。**」

「或許有道理，但是問題在那裡嗎!?」

嗯，是有點像頭目。這麼不自然的人物總不會是小兵吧……如果我是普通冒險家，肯定會全神戒備。

「萊卡小姐當然願意答應吧？」

可能覺得我很難纏，席羅娜沒等我講完就改問萊卡。

「只、只要亞梓莎大人點頭，吾人穿什麼都可以……」

萊卡好像害怕這種個性強勢的對象……

就算堅持不想換衣服，乾脆不參加大賽也無濟於事吧。

「知道了啦，我換就行了。」

於是我決定屈服。反正又不是一開始就得穿著鎧甲，除了顯眼以外沒有別的壞處。

「謝謝乾媽。」

不知道她究竟有多少感激之意，不過她向我低頭致謝。

就這樣出現了穿著雪白色服裝，勇闖樹海的隊伍。

如果是我的話，真不想在傍晚碰到。感覺好像阿飄……

「既然乾媽願意穿白色服裝，就幫妳占卜今天一整天的運勢做為答謝吧。」

席羅娜迅速從袖口掏出白色的球，的確很有占卜師的架式。

「哦，原來妳不只會魔法，還懂占卜啊。」

「嗯，因為魔法學與占卜接近。」

有道理。像我這種在正式學習之前，突然懂得使用魔法的例子算是特例吧。

「那麼何必讓納斯庫堤鎮的依努妙克占卜呢……啊，對喔，不能為自己占卜……」

占卜師的部分市場需求，該不會是其他占卜師吧？

「那麼我就開始囉。」

只見席羅娜嘴裡嘀咕。

同時她掌心上的白色球體輕飄飄浮起。

「哦，是正式的魔法呢……而且我完全沒有聽過……」

我也會使用魔法，但流派似乎完全不一樣。

「身為精靈的我似乎能使用獨特的魔法。」

畢竟她根本不是人類，或許也容易學會人類不擅長的魔法體系。

「乾媽，可以稍微往旁邊移動一下嗎？萊卡小姐請往前一步。」

我們跟著移動位置。

然後席羅娜緩緩闔起眼睛。

白球在手掌上略為左右晃動。

「萬物由唯一神無限切斷，誕生於世……汝與吾、土塊與天上星塵皆出自本源……如此命運也同樣在唯一神之中……」

哦，咒語聽起來很正式。

雖然她一直喊我乾媽，但是看到女兒成長得很優秀，是一件很高興的事。

今後希望她繼續在冒險家的世界活躍。

「有結果了。」

席羅娜睜開眼睛後，白球隨即輕輕落在掌心上。

「嗯，得知什麼結果了嗎……？」

占卜相當硬核。就算當不了冒險家，應該也可以當占卜師維生。

**「乾媽，今天的幸運顏色是白色。」**

「那是得知幸運顏色的占卜嗎!?」

氣氛十足，結果真是小家子氣！

**「還有萊卡小姐，今天的幸運顏色是白色。」**

「拜託！有白色以外的幸運顏色嗎？根本只是任何情況都說白色吧？」

「很沒禮貌喔，乾媽。」

啊，我是不是過度懷疑她了。

「只要正確地進行席羅娜流占卜術，掌控一切正義的白色就一定會成為幸運顏色。」

「果然是以白色為前提嘛！」

根本就只是席羅娜在宣傳白色的優秀吧。

「所以說，穿著幸運顏色的服裝比較好。」

「好啦好啦，我知道了，我知道了！」

我已經開始覺得煩了，所以迅速換上白色的服裝。

# 與乾女兒參加冒險家大賽

She continued destroy slime for 300 years

接著我們前往位於樹海入口的技能評審大賽受理處。

受理處前方已經聚集了大量冒險家。

平時杳無人跡的樹海，人口密度急遽上升。

「事前我應該已經說過了，不過還是先複習一下。大賽限制時間是三天，在期間內締造最優秀成果的隊伍獲勝。名列前茅的話，會獲得獎金，還會提升冒險家等級。」

話說冒險家是等級制呢。應該有設定B或C之類的等級。

「席羅娜目前的冒險家等級是多少？」

「**S級。**」

她立刻回答。

「這已經算是最高等級了吧。果然是大咖……」

「不，名列『這名冒險家真厲害！』的所有冒險家應該都是S級，所以等級一點意義都沒有。關鍵是在S級能晉升到多高的位置。」

這種設定怎麼聽起來像是戰鬥力通膨的格鬥漫畫……

「席羅娜小姐，話說優秀的成果是怎麼評分的呢？」

萊卡問了很好的問題。

既非隊伍之間相互對戰，不太清楚大賽評審戰績的方式。

「例如擊敗強大的魔物，收集珍貴的魔法石，或是獲得稀有道具；還有發現並調查不為人知的洞窟之類，就會得到高分。」

這些評分內容很正當。

「另外——同行或是工會相關人物的評價也有影響。」

席羅娜瞥了一眼的彼端，女性冒險家的地方聚集了不少人。

「視線請看向這邊！」「拿起劍擺出姿勢！」「露出有些犀利的瞪人表情！」「好可愛，真的好可愛！」「非常感謝，非常感謝各位！」

所有女性冒險家都很可愛，可以體會為何受歡迎。可是像這樣受到吹捧，總覺得不太對勁。

「吾人可不想變成那樣……」

萊卡一臉厭倦的表情。

我也有類似的感想……

「女性冒險家當中，也有像那樣靠人氣維生的。」

連席羅娜都露出有些疲憊的表情。

「她們也是S級冒險家喔。短短十秒就能將大型蠕蟲切成一片片。其中一人是新人部門第七名。」

「看起來一點也不強，竟然實力高深！」

「所以S級是理所當然的。如果不獲得更高的人氣，展現壓倒性的實力，就無法在冒險家這一行更上層樓。」

「冒險家這一行也很辛苦呢……」

冒險家的世界遠比我想像中更嚴苛。

該說每一行往上看都沒有極限嗎？競爭真是激烈。

這時候，有人迅速出現在我們面前。

從穿著來看，可能是以盜賊為職業的男性冒險家。

另外在這種情況下，盜賊職業（大多）不代表真正的江洋大盜。終究只是在地下城等地方擅長開鎖，或是解除陷阱的人。否則就變成真正的罪犯，公會反而會發出逮捕委託……

「不好意思，您是席羅娜小姐吧！」

「嗯，是的。這次會以我們三人參戰。」

席羅娜以稀鬆平常的冷靜表情回答。

結果一下子聚集了大批人潮。

「席羅娜妹妹，加油喔！」「幫妳打氣！」「我真的愛妳！請和我結婚！」「永遠支持妳！」「很快就進入殿堂級了喔！」「能麻煩您擺出詠唱咒語的姿勢嗎？」

哇……來了好多人……

另外剛才喊說要結婚的人，是女性冒險家。

在新人部門獲得第一名，也需要獲得一定女性的歡迎嗎？

「席羅娜小姐的隊員也請看過來！」「方便擺個姿勢嗎！」

哇咧，連我們都受到矚目……

「亞梓……薩多大人，吾人實在不習慣這樣……」

萊卡面紅耳赤地躲在我身後。這也不能怪她。

「啊，原來是這樣的角色啊。」「很讚喔！」「請堅持自己的角色吧！」「害羞也完全OK的！」

一言以蔽之，吵死了！

另外有人以飛快的速度素描……有這種技能的話，就算不當冒險家也能維生吧……

「那位龍族女孩也好帥氣！」「與龍族有關的人物？」「很有風格呢。」「請看過來！」

群眾也圍向我。意思是要確認所有隊員嗎？

「不是藍龍就能放心了。」「藍龍真的是心理創傷……」「我還真的被她咬過……」

連在這裡都對藍龍的印象超差！

「兩位龍族的關係類似姊妹嗎？」「感情真好呢。」

「是的！算、算是妹妹！」

萊卡突然聲音尖銳地回答。

兩人站在一起的話，我的確看起來像姊姊。

之後依然有不少人詢問我和萊卡問題，相當累人。

還有人表示「席羅娜小姐挑選的冒險家，應該戰力十足！今後我會繼續關注！」

感覺好像加入偶像團體。

不過席羅娜態度堅決地表示「我們還要準備，可以先離開嗎？」群眾隨即老實地散去。

這方面似乎相當有禮貌。難道有「讓偶像困擾的人不算真正的粉絲」這種不成文的規定嗎？

「冒險家這一行也變了呢……三百年前應該更加普通吧……」

「或許是。冒險家這一行似乎也一直持續摸索，才發展成現在的形式。如果形象始終停留在一群可疑分子在酒場說醉話，這一行根本就無法成立。」

女性冒險家會受歡迎，也是要洗刷骯髒的形象嗎……

可是即便如此，我還是覺得太極端了。

「接下來不會有人這麼熱情地加油，請放心。會純粹以冒險家的身分在樹海探險。」

「太好了……那我應該能展現一定的身手。」

其實我和萊卡太認真的話會過度顯眼，所以還是低調點。

席羅娜也認為我們只要湊數就好，才來拜託我們。她並未要求我們發揮戰力，積極表現。畢竟她本身就是優秀的冒險家，這是當然的。

工作人員到處宣布「距離開始還有五分鐘～」

終於要開始了嗎？

席羅娜望向我和萊卡。

「最後再提醒兩位。大賽並非以冒險家彼此交戰為前提，也不會計算成績。」

代表狩獵冒險家是犯規的吧。

「不過——發生爭執的話，大賽允許讓對手受傷。可能會有隊伍主動挑釁，請兩位注意。」

「噢，嗯。這一點應該沒有任何問題。」

屆時再看情況決定是否回應挑釁。其實我不太想理會，不過一旦接受，就會確實教訓對方一頓。

「還有另一項，是我們專屬的大賽方針。」

「這我還沒聽說過。」

就是具體而言，在大賽中該怎麼做。反正是組隊行動，只要跟著席羅娜，多半不會有大問題。

「就是捕捉據說棲息在這片樹海中的罕見大象。這才是最大的目標。」

「大象嗎？實際上屬於稀有道具吧。」

「聽說叫做雪白大象，是純白色的美麗大象。」

聽得我好洩氣。

「只是因為呈現白色，才想當成寵物飼養吧!?」

「乾媽真是了解我。我想帶雪白大象回宅邸。」

她很乾脆地承認。
席羅娜的宅邸飼養了許多白色的動物。她好像還想追加。
「結果白色的動物才是目的嗎……」
「不，如果讓主辦方見識雪白大象，會獲得高分。所以這一點毫無問題。」
「意思是興趣與利益兼備吧。」
「如果還有其他白色的動物，請向我報告。我會捕捉。」
果然只是想增加白色動物的蒐藏吧……

然後——在樹海入口響起告知開始的大鼓聲。
冒險家們接二連三衝進樹海中。
不過席羅娜沒有立即行動。
職業是冒險家的席羅娜擔任領導，所以我和萊卡也原地待命。
「一開始停在原地，靜觀其變嗎？」
萊卡佩服地表示。
「因為胡亂前進會弄髒服裝。」
「哪有冒險家會在意服裝弄髒啊！」
「如果服裝特別髒，代表內心也受到汙染。或者放任服裝髒汙，形同輕視他人的表現。若是朋友在會合場所一身髒兮兮出現，難道不覺得受到對方輕視嗎？」

「好像校規嚴格的名校喔。」

不過席羅娜卻開始詠唱某些咒語。

「驚嘆的白色，刮目的白色，凜冽的白色，無我的白色！」

內容我依然完全沒聽過。該不會是席羅娜獨創的咒語吧？

類似淡淡發光的膜包住了我們的小隊。

「好，這樣就不會沾到砂土或泥巴了。那我們出發吧。」

「妳懂得好幾種方便的魔法呢……」

「我向魔法師史萊姆摩蘇菈小姐學的。摩蘇菈小姐堪稱魔法師史萊姆的第一人。」

「噢，摩蘇菈算是妳的師傅呢。」

魔法師史萊姆除了摩蘇菈以外應該沒有別人。不過包含妖精的話，第二人應該就是席羅娜。

「另外咒語是我自己想出來的。」

「果然沒錯！因為實在太堅持白色了！」

「雖然也有許多弱小魔物，但是狩獵他們也沒什麼意義。只要狩獵擋路的就足夠了。」

「好，明白明白。」

我們由席羅娜帶頭，在樹海內開路前進。
說是開路，其實在光膜的包覆下不覺得疲勞。而且也不會被雜草或枝椏勾住，所以非常順暢。
「欸，這種魔法下次也可以教乾媽嗎？」
有些日子不想碰到史萊姆，這種魔法或許對那些日子很便利。
「是可以，不過非史萊姆要學習可能有困難。」
讓史萊姆妖精學習驅除史萊姆的魔法才奇怪吧……
「當成在真正的戰場上特訓，精神也會特別振作！吾人希望展現平時訓練的成果！」
萊卡幹勁十足。
感覺我才是最有氣無力的……
然後我們在樹海中專心地調查。
之前地圖上沒有留下紀錄的區域，由席羅娜負責繪製。
製作地圖也是冒險家的工作之喔。這種工作是從世界上一點一點消除未知的部分。很多地方至今沒有任何人跡。
偶爾會有魔物展開攻擊，但是果不其然，我和萊卡都輕鬆地一擊搞定。或是席羅娜以魔法冰凍魔物。

反正沒有任何人拖後腿。雖然不知道算不算合作，但以隊伍而言十分優秀。

「嗯，我現在逐漸明白冒險家逐漸體育化、偶像化的原因了。」

幾個小時後，我小聲嘀咕。

「既沒有必須擊敗的頭目，也沒有非得到不可的寶物，這種地下城比想像中更沒意思……」

我們的工作以製作地圖為核心。這才是冒險家對真實社會有意義的工作之一。潛入從未有人進去過的遺跡獲得寶物，對社會毫無貢獻。

所以現在，我們唯一要做的就是發揮毅力，不停走路。

光是這樣，冒險家也會覺得空虛。所以才認為需要一些誘因吧……

席羅娜似乎也接受我的論點，點頭同意。

「弱小的隊伍在這片樹海只能立刻撤退，要說簡單也不簡單。但如果是S級冒險家，就和在附近散步差不多。」

沒有頭目的世界，冒險家的立場或許相當難為。

一如席羅娜所說，在樹海中前進，便接連見到許多隊伍從第一天就受傷，被迫棄權。

「唔！以前弄傷的大腿中招了……」

「投太多次石頭，手臂受傷了！」
「舊疾腰痛偏偏在這時候復發！」
拜託，腰痛難忍的歲數還當冒險家很辛苦吧!?
「該怎麼說呢，即使沒有被魔獸擊敗，也有許多棄權的例子呢。」
走過嚷嚷著腰痛的冒險家身旁，我如此表示。
「對啊。要長年擔任冒險家，身體健康也很重要。明明將來很有希望，卻為傷勢懊悔的冒險家也不少。」
「果然很像體育……」
「剛才投太多次石頭，導致手臂疼痛的冒險家也小有名氣。但以前曾經連續五天都投一百五十次石頭，導致手臂報廢。」
好像獨自撐完全局的高中投手……
「亞梓莎大人，冒險家的世界真辛苦呢。」
現在四周沒有其他冒險家，不使用假名也不須擔心身分曝光。
「嗯，必須注意的地方似乎比想像中還多。我原本以為許多冒險家都很隨便，就像從傍晚就在酒吧喝得酩酊大醉一樣。」
或許這是先入為主的印象，不過公會附近有酒吧，冒險家在酒吧喝嗨，或是打架——這就是我對冒險家的印象。

「那是很久以前，在許多場合還需要冒險家的時代了。」

與其說我們在攻略樹海，實際情況更接近一邊走路，同時聽席羅娜的解說，了解知識。

「隨著功能劃分，在各種領域誕生了專家，導致愈來愈少人委託類似萬事通的冒險家。以前攻擊城鎮的大批魔物來襲時，只能召集冒險家。現在則會事先察覺，召集軍隊防禦。」

「意思是比不分青紅皂白，聚集來路不明的冒險家更確實吧。」

如果委託冒險家，冒險家卻不來的話，的確就「沒救」了……

「另外尋人也是以前冒險家的主要委託之一。但是現在的大都市，似乎有類似專門的偵探業者。」

社會分工化的影響，似乎也改變了冒險家這種樣樣通樣樣鬆的職業。

眼看太陽逐漸下山，我們決定在有個大樹洞的附近過夜。

捕捉棲息在樹海的兔子，烤來當晚餐吃。相當美味。

另外席羅娜連自己專屬的枕頭和毛毯都帶來了。

她在這方面相當堅持呢……

我和萊卡蓋著足以包裹自己的大葉片，代替毛毯。反正在南方不冷，沒有問題。

另外席羅娜連葉片都以沾溼的布擦拭乾淨。她似乎想盡可能避免弄髒衣服。做得這麼徹底，好像連小地方都很嚴格的媽媽……母親與女兒的關係逐漸扭轉了……

萊卡很快就進入了夢鄉。

與其說個性所致，在旅途中也能迅速睡著，感覺是在不熟悉的環境中精神疲勞。萊卡很厲害，卻並非神經大條。問題是個性像芙拉托緹那樣也很傷腦筋，所以希望她保持這樣。

「欸，席羅娜，還醒著嗎？」

我問一旁蓋著乾淨白毛毯的席羅娜。

「嗯，我還醒著，乾媽。」

聽見她的聲音，但她仰面朝天躺著，看不見她的臉。

「席羅娜為何會當冒險家？」

我直截了當地詢問。

現代冒險家如果不過著嚴以律己的生活，似乎根本當不成。

至少我不認為有「我不適合安定的工作，所以要當冒險家」這種價值觀的人，會在這一行獲得成功。

可是，為何席羅娜選擇了冒險家呢？

結果只傳來錯愕的嘆息聲。

這孩子基本上很大牌耶……

「因為冒險家可以靠自己活下去。」

她的聲音絲毫沒有悲傷的感覺，可是聽在我耳中卻有一絲絲難過。

「我誕生的時候，能溝通的對象只有大史萊姆。缺乏財產與歷史等一切的我，要過有文化的生活，最簡明易懂的途徑就是當冒險家謀生。」

即使在這個世界上誕生的原因和我不一樣，她也的確凡事都得靠自己呢。

我曾經想過，至少比我以前當社畜輕鬆多了。但是每個人情況都不一樣，有可能走投無路。

「一如我今天說過，要成為一流的冒險家相當辛苦。可是只要成為一流的冒險家，就能住在我的宅邸那種豪華的房子。賭對了就能賺大錢。」

「這種現實的部分就不用提了。」

「年收入也不用嗎？」

「不用說沒關係。」

話雖如此，冒險家這種職業有機會從一無所有到飛黃騰達。這一點從以前到現在始終沒變呢。

「另外不用說，當冒險家十分開心。」

席羅娜的聲音十分堅定又清澈。

「雖然必須持續與自己對抗，但是遠比凡事受人擺布好太多了。」

「嗯，這一點我同意。」

如果一直選擇讓他人決定的道路，會在不知不覺中遭受奴役。

不過，有件事情得先補充才行。

「但是席羅娜已經不再孤獨一人──」

「啊，這種肉麻的話就免了。」

被她看穿了！

被對方說出口，反而特別難為情……

「人類和妖精其實都是孤獨的。史萊姆即使吸收其他史萊姆，也不會導致萬事萬物都變成史萊姆。」

因為梅嘉梅加神的關係，其實我曾經體驗過這種世界……但那類似遊戲的世界……並非現實……

「明天也麻煩妳了，乾媽。」

「好，我會認真的。」

不過知道席羅娜試圖對我敞開心房，整體而言是很美好的一天。

「啊，對了，那些白色寵物們由誰負責照顧啊？」

況且冒險家也經常不在家。

「有白熊大公負責照顧大家，所以沒問題。」

「原來是由白熊負責啊！」

熊的確很聰明。不過話說回來——

「以身分地位而言，熊大公比妳這位邊境伯還了不起耶？」

公爵明顯比伯爵還要大！呃，其實幫寵物取個國王的名字也可以。

「大公全身都是白色的，當然比我還了不起。」

「妳還真是嚴以律己耶……」

她飼養的寵物或許也相當幸福。

「白熊大公身為大公，也認為自己有保護其他寵物的義務，很盡責地工作。」

想像白熊大公拚命工作的模樣，我感到有些逗趣。

◇

第二天同樣繼續探索樹海。

我的任務是採集珍貴植物的樣本。

或許其中有些植物可以入藥。

© Benio

之前由於冒險家一同進入樹海，所以路上會碰到冒險家。不過頻率也開始明顯降低。

「似乎多了不少棄權的冒險家呢。或者是吾人等過於深入嗎？」

「或許兩個答案都是對的，萊卡。低等級的隊伍很難深入樹海吧。」

由於我們太強，早就沒什麼感覺。不過出現在這片樹海中的魔物與動物都很強，有凶暴的蜥蜴、蛇，還有特大號的蟲……總之數量相當多。

老實說，出現足球大小的椿象時，我就想打退堂鼓了。不過席羅娜將其冷凍後打敗。

「這隻蟲的甲殼部分閃閃發光呢。能以高價賣給別人當作工藝品，可以賣幾百萬戈爾德。」

「原來是這樣……我實在不太想碰……」

就這樣，我們發現像是新品種的動植物，或是製作原始區域的地圖，行動相當積極。

是否屬於新品種，由席羅娜鑑定。

「原來妳還具備這樣的知識啊。我身為魔女還懂得一定程度，但是新品種就不知道了。」

「只要是S級冒險家，這種程度的知識是理所當然的。這是與別人拉開差距的層次。」

「這一行真是辛苦……幾乎等於研究人員了……」

意思是要長期擔任冒險家，必須獲得人氣的同時，還得對社會有貢獻才行嗎？到這種程度的確會賺錢。可是能達到這種境界的，一百人，不，一千人當中頂多一個人吧。

一開始遇見她時，我原本以為她不像冒險家。結果她似乎才適合在現代當冒險家。

萊卡則維持自我風格，一拳解決了大型蛇尾雞，毫不保留地發揮實力。

「今天覺得身體比平時更加敏銳。以人的外表比較容易鎖定攻擊的焦點。若與龍型態靈活運用的話，應該能進一步成長。」

「其實不用再變得更強了吧？當冒險家足以一輩子衣食無憂了……」

連席羅娜都對萊卡的力量讚嘆不已。萊卡果然也能輕鬆成為S級冒險家。

當天的晚餐，席羅娜發現了剝開後呈現雪白色果肉的樹果。

「沒有毒性，可以放心食用。」

「想不到講究白色也有這種妙用啊……」

◇

接著到了第三天。

我們有了一定程度的收穫，所以決定回到位於入口的受理處。

不太清楚我們這一隊會獲得幾分。不過從席羅娜的表情來看，似乎有合格的十足把握。

「感謝兩位的幫忙。即使是明年『這名冒險家好厲害！』的綜合排名，或許也有機會爭第一。」

「意思是最強的冒險家嗎？真是了不起啊。」

雖然也講究素質之類的原因，但應該不是想當就能當的。

「噢，很難說是不是最強。如果缺乏吸引人投票的元素，是無法贏得第一的。光是實力強可不夠。」

「這一點還真煩耶！」

當然，如果要純粹決定最強的話，正常地舉辦錦標賽之類就行了。

「至於遺憾的話，頂多就是沒找到雪白大象吧。」

「真的耶，沒發現雪白大象。」

大象這麼龐大的生物，在樹海足足移動了三天，應該會進入視野。結果我們一隻也沒發現。
「甚至沒有植物被踩亂的痕跡，或許在水邊也說不定。」
與大象同為大型動物的龍族萊卡表示。
席羅娜似乎思考了一陣子。
「那麼最後就順道過去看看吧。即使沿著河川走，應該也能離開樹海。」
所以我們決定回程略為繞個遠路。
繞遠路的決定大獲成功。
一來到河邊，我們就遇到這一次的目標。
有隻大象正在喝水！
「席羅娜，有大象！」
「肯定不會錯！是雪白大象！」
席羅娜露出至今最興奮的態度接近大象，仔細打量一番。對大象而言似乎有些困擾。
雪白大象的體型比我以前在動物園見過的還小一圈。
可能因為體型太大，在樹木眾多的森林中生活困難，才進化成小體型吧。
席羅娜開始記錄雪白大象的生態。觀察動物也是冒險家的工作，高興之餘也沒疏於工作。不過寫完筆記後，她就要帶大象一起走了吧。

可是和我的猜想不太一樣。

「欸，雪白大象，你有家人嗎？」

即使大象聽不懂人話，席羅娜依然站在雪白大象面前，如此詢問。

我感到胸口一陣苦悶。

原來她不會看到任何白色的動物，就不分青紅皂白帶回家啊。

如果有家族的話，就不會強硬拆散。應該是這樣。

正因為席羅娜獨居，才會留意到這方面。

雪白大象以象鼻做出「？」的形狀。

雙方微妙地成功溝通了耶！

「應該聽不懂我說的話吧。那就試著確認是否有其他大象腳印吧。」

這時候，傳來金屬相互摩擦的喀嚓喀嚓聲。

毫無疑問，沒有人就不會傳出這種聲音。

全身漆黑鎧甲的三人組出現在我們面前。

「你們是『黑騎士團』！」

席羅娜大喊。

是新人組隊部門第一名的『黑騎士團』嗎？

他們的確一身漆黑的裝扮。

臉上也戴了鐵面具，完全看不見長相。可能讓人誤以為是活動鎧甲之類的魔族……

「席羅娜小姐，想不到會在這種地方碰面。真是湊巧。」

戴鐵面具的一人開口。透過氣氛可以得知來者不善。

「我可要好好答謝妳之前拒絕我的提議，還出言不遜瞧不起我。」

拜託，這不就等於宣告要攻擊冒險家了嗎！

「乾媽，萊卡小姐，冒險家就算表面上和氣，私底下也會像這樣互相傷害。以前我也遭到好幾次攻擊。」

即使已經相當制度化，冒險家的世界果然還留有見不得光的部分。

「之前我們邀請妳，成為『黑騎士團』的一分子大顯身手，結果妳是怎麼拒絕的？『免了，要我和這麼黑又噁心的人成為夥伴，我寧可去找褐色蟑螂之類。玩笑僅止於鎧甲的顏色就好，請不要再進入我的半徑三十公里範圍內。要是敢再進入，小心我報警。何不進入硫酸沼澤漂白一下算了？好啦，快滾，快滾吧。』妳這番刻薄的話，每一字每一句我都記得非常清楚！」

難怪別人會攻擊她！

「席羅娜，妳也太狠了吧！會害人家內心受傷耶！」

「記憶力這麼好，怎麼不會用來背誦信仰神明的經典啊？不過毫無美感品味的人，會信仰的神多半也是很可怕的邪神吧。哎，感覺光是說話就要害衣服變黑了，拜託你別靠近我。」

席羅娜進一步挑釁對方！

「亞梓莎大人，冒險家經常血氣方剛這一點，從以前到現在似乎沒變呢……」

「好像是……還有萊卡，現在拜託妳稱呼我為亞梓薩多。」

幸好『黑騎士團』似乎只是來尋席羅娜的晦氣，沒聽到我們的交談。

結果剛才開口的『黑騎士團』成員，身旁的黑騎士（其實三人都是黑騎士）走上前。

「饒不了這名女冒險家，真不知道她父母怎麼教她的！」

答案——根本沒有教過她……

不過這人的聲音好像阿姨呢。

「打從誕生開始，我就知道全黑的鎧甲很矬了。不，在我誕生之前就已經知道了。」

她一開口就要挑釁對方啊。

這次換最後一名黑騎士脫掉鐵面具，走上前來。
「饒不了妳！」
這一號人物是中年大叔冒險家。
另一方面，聲音像阿姨的冒險家也摘下鐵面具。
實際上的確是阿姨年紀的女性冒險家。
一開始向席羅娜開口的黑騎士同樣脫下鐵面具，是二十來歲的男性冒險家。與大叔冒險家長得有些相似。咦，這麼說來？
「遭到如此輕視，我們喬茲義特父子可無法悶不吭聲了！身為父親，我要出手了！」
果然是親子！原來親子一起當冒險家啊！
「噢，喬茲義特不就是二十年前左右與冒險家結婚，之後成績直直落而退休的冒險家嗎？原來隱藏了容貌，全家再度以新人的身分前來挑戰啊。」
「就是這樣。還不能輸給年輕人呢。況且新人組隊部門的競爭對手比較少，連隱藏容貌的服裝都可以名列前茅。」
在無關緊要的地方特別懂得運用戰略！
「統一穿黑色也是為了樹立角色形象。」
「而且汗漬不顯眼，所以清洗也很輕鬆。」

冒險家太太跟著補充。這種判斷似乎相當合理。

「果然毫無美的品味。時尚可不只是追求引人注目，或是方便性就好。而是為了證明自己的信念才挑選的！去向時尚之神道歉！」

「咦？有時尚之神這種神明嗎？而且剛才的主軸是時尚嗎!?」

重點是身為冒險家的行為。這一點可別弄錯了。

「時尚終究只是一時的。年輕時穿稍微冒險一點的服裝會受到吹捧，但是上了年紀，還是穿樸素一點比較舒服。上了年紀還穿得這麼冒險，簡直不能看哪。」

冒險家太太似乎也開始在奇怪的地方糾結！

「我啊，洗好澡後可是光溜溜在家裡晃呢。什麼時尚，早就丟到一邊去啦！」

連大叔都都主動說出我根本不想聽的資訊！

「老公，不是叫你洗好澡後要穿衣服嗎？至少要縮小腹，讓體格可以見人吧。」

這樣果然不行嘛……

「比時尚更重要的是愛，家人的愛！目前為了兒子可是很拚命呢。雖然希望他找個更穩定的職業，但既然我們都當過冒險家，就沒辦法勸他別學我們了。」

「所以為了讓兒子成為優秀的冒險家，才會一起組隊戰鬥！」

即使是一群怪人，不過這種家族也不錯……

「沒錯。我要和老爸老媽一起，以『黑騎士團』的名號往上爬！目標是擠進隊伍部門綜合排名前十！」

「兒子的目標也非常微妙！至少也該以前三名為目標吧！」

我終於忍不住吐槽了。

「那位龍族小姐，隱藏容貌能進入綜合排名前十的話，就已經很厲害了。算新聞了呢。」

噢，因為我戴著有角的髮箍，他們才會當我是龍族。還好沒穿幫。

「不過那些姑且不論，受到如此嚴重的屈辱，我們沒辦法忘記。所以我們要打倒妳們，搶走在樹海獲得的成果！」

「沒錯，為了兒子戰鬥！」

「我也要上！順便當減肥，再拚一下！」

就說別夾帶別人不想聽的資訊了啦。

「哎……」

席羅娜擺出非常輕視對方的態度嘆了口氣。

**「好吧，那我就痛扁你們一頓。扁到你們以後光是看見白色，就會嚇到不能自理。」**

這會害人家生活無法自理吧。

「這場對決，我們一定會贏！」

這名青年冒險家應該也有一定實力，可是這種自信究竟是從哪裡來的呢。

「因為我們家人的合作攻勢是完美的。反觀席羅娜，聽說妳沒有任何家人，一個人孤獨地生活。這就是和我們的差距！」

我還以為是什麼高深的理論——

席羅娜露出和之前不一樣的不悅表情。

簡直就像被人戳中痛處。

「沒有家人算是很嚴重的問題嗎？」

彷彿相當火大般，席羅娜緊握拳頭。

她肯定不太執著於親子的牽絆。平時的她多半會說出「比起那種東西，我寧可要錢」。

但如果被人嗆聲「你沒有家人吧」，沒有人會感到高興。

而且席羅娜從一開始就沒有家人。畢竟她是史萊姆妖精，所以是突然誕生在大史萊姆森林裡。

黑騎士一家人肯定不知道這件事，多半也沒有惡意——

但他們的確搬出家人說嘴，導致席羅娜火冒三丈。

「埃迪爾邊境伯席羅娜，妳肯定發揮妳的惡劣個性，導致父母與兄弟都躲妳躲得遠遠的。或許冒險家是一群怪人的集合，但沒有人像妳這麼內心扭曲！」

黑騎士青年繼續開口。

某種程度上，個性惡劣這部分可能說中了耶……不對，我不該接受對方的論調……

「相較之下，我們可以靠家人的完美陣形迎戰妳。第五陣形！」

黑騎士們迅速展開行動，包圍席羅娜。

「這才是家人之間，毫無多餘的行動！來啊，席羅娜，覺悟吧！」

「咦，老公，你站的是第七陣形的位置喔。」

「糟糕，我記反了！」

就算沒有多餘的行動，記不起來就沒意義了吧！

不過席羅娜缺乏冷靜卻是事實。

魔法師明明必須立刻詠唱咒語。可是她已經陷入敵人前後包夾的處境。

若能立刻使用震飛四周的魔法也就罷了。沒辦法的話，就是相當不利的情況。

「那又怎樣。就算你們親子一起上，也不是我的對手！」

「是嗎？那妳能防禦全方位的攻擊嗎？」黑騎士大叔表示。他們應該是相當有經驗的冒險家。

「接招吧！嘗嘗人品的差距，席羅娜！」

三名黑騎士一同撲向席羅娜。

**「她當然有媽媽啊！」**

我迅速站在席羅娜面前。

「我是席羅娜的母親，冒險家亞梓薩多！一決勝負吧！」

三名黑騎士停下動作。

「妳、妳是何時……移動的……？」

冒險家阿姨大為錯愕。呵呵呵，因為我的狀態還算強啊。

「明明這麼年輕，怎麼已經當了母親啊……？難道家庭很複雜嗎……？」

冒險家大叔對奇怪的地方感到驚訝……

我回頭瞄了一眼席羅娜，露出笑容。

「我負責同為長輩的父母二人，妳解決年輕的黑騎士。」

「……好、好的，媽……乾媽。」

原本為了她沒喊我乾媽而高興，結果還是喊了出來。

「好，上吧！」

我首先接近黑騎士大叔，粉碎鎧甲。

就像撕破紙張一樣。我將手伸進對方的脖子，直接將鎧甲拉到自己面前。隔了大約三百二十年，想起用鋁罐做美勞的回憶呢。其實以上輩子的角度而言，相隔好幾年的概念也怪怪的。

畢竟全力攻擊會鬧出人命……我得謹慎一點才行……

「欸!?好可怕的怪力……不，難道是幻覺……？」

很可惜，這是現實。其實要使用魔法也可以，不過以物理攻擊比較輕鬆。

「順便讓你失去抵抗能力吧。」

然後我將大叔的劍扭成捲曲。

「武器很危險，所以我先破壞。」

接下來我迅速移動到黑騎士阿姨身旁，同樣將她的劍尖朝正下方折彎。

然後以雙手略為壓凹鎧甲。

「啊！本來腰部就已經很緊了，再緊下去就難受啦！」

也對她造成了出乎意料的心理傷害！

身為乾媽的協助，總之就先這樣吧。

至於席羅娜那邊還順利嗎？

年輕黑騎士手中持劍，朝席羅娜衝過去。

嗯，這樣的戰略很正確。如果嚇得驚慌失措就毫無意義了。

「席羅娜，覺悟吧！」

「覺悟？我才不要。」

反駁的同時，席羅娜輕巧地躲過了青年騎士的衝刺。

這時候也沒忘記嗆人嗎？

反過來說，席羅娜已經恢復了平常心吧。

一對一之下，冒險家的水準似乎不一樣。席羅娜輕易地不斷躲開攻擊。

在攻擊的間隔中，席羅娜開始詠唱咒語。

「世界上不存在比無瑕的初雪更恐怖的暴力！也不存在比沒有罪惡意識的破壞更可怕的行徑！」

詠唱結束後，席羅娜的正前方空間出現魔法陣。

猛烈的白色暴風雪從魔法陣傾注而下！

「嗚噗哇啊啊啊——！」

青年騎士的衝刺正面撞上暴風雪，完全停了下來。

短短幾秒鐘之內——黑騎士就變成了純白的雪人。

「呵呵呵，既然又黑又髒，就讓你變得又白又乾淨吧。」

席羅娜露出得意的表情。

連這時候都堅持白色啊……

兩名中年黑騎士似乎已經放棄戰鬥意志，舉起手做出投降的姿勢。

看來我們順利贏得了勝利。

「亞梓莎大人真是厲害！好完美的動作！」

萊卡已經完全放棄稱呼假名了……不過——

「龍族亞梓薩多的力量很了不起吧！不論鎧甲或是劍，我亞梓薩多都能輕鬆破壞！」

我還要堅持亞梓薩多這個假名！

『黑騎士』一行人留下之前收集的珍貴藥草之類，做為賠罪之意，然後落荒而逃。

總之事情暫告一段落啦。

「抱歉添了麻煩。」

席羅娜也尷尬地向我低頭致歉。

「雖然敵人不怎麼樣，卻因為爭執分散了注意力，導致晚一步詠唱咒語。其實那種敵人必須各個擊破才行……」

「其實說謝謝就可以了。畢竟我可是妳的乾媽啊。」

我伸手搓了搓席羅娜的頭。

「不要玩我的頭髮啦！」

其實早就知道，但還是挨了她的罵。

「即使沒有住在同一個屋簷下，只要願意當我們是家人就夠啦。」

「不，其實我有家人。例如白熊大公之類。」

「寵物的確是重要的家人沒錯！」

這麼想的話，那個家其實相當熱鬧，並不會寂寞呢……

「話雖如此，受到妳的照顧是無庸置疑的。謝謝妳，乾……媽媽。」

即使她別過視線對我說，但這次終於沒再喊我乾媽了。雖然差點說出口。

「因為是親子啊，這是我應該做的。」

「如果可以只在需要的時候搬出親子的身分，其實也不壞。」

她板著臉孔告訴我。由於席羅娜的個性緣故，這方面無可奈何。如果她像法露法一樣對我撒嬌，反而很可怕。

「好啦，該回到受理處了。」

「亞梓莎大人，您有件事情忘記了！」

萊卡喊住了我。

心想掉了什麼東西嗎？我回頭一瞧，隨即發現。

雪白大象還在！

要帶這隻大象一起走可是大工程。化為龍型態的萊卡載得動嗎……

「噢，那隻大象就讓牠留在這裡吧。我不會帶牠回去。」

席羅娜說得很乾脆。這麼一來，似乎沒什麼遺忘的東西。

「就算沒有其他腳印，或許牠的家人也在別的地方吧。」

決定不帶原本如此執著的雪白大象回去，肯定有相當大的心境變化。這片區域的氣候與席羅娜的宅邸差異很大，或許也考慮到這方面原因。

「不。」

但席羅娜卻揮揮手表示否定。

「雖然名叫雪白大象，想不到卻帶有黑色，看起來髒髒的……我才不要……」

「原來是不夠白啊！」

◇

之後帶了各種成果的我們，以冒險家而言似乎得到相當高的分數——

在技能評審大賽順利贏得冠軍！

老實說，一點都不意外。畢竟連『黑騎士團』的成果都由我們直接接收了。反正先攻擊我們的是他們，那就不用客氣啦。

結果發表後，我們再度被眾多冒險家包圍。

「恭喜妳，席羅娜妹妹！」「要素描囉，請看過來！」「麻煩擺出帥氣的姿勢！」「也期待妳贏得綜合第一名！」

席羅娜果然像偶像一樣。我們就在旁邊襯托她吧。

不過人潮同樣聚集到我身邊。

「亞梓薩多小姐，恭喜您！」「下一次也要加油喔！」「三人會再度組隊嗎？」

好像有了粉絲呢……不過比起我，身旁反而更加熱鬧。

「萊卡妹妹真是厲害！」「您是紅龍吧！」「改天會去紅龍溫泉喔！」「下次會投票給您的！」「我也會投票！」「絕對會投票！」

人氣該不會比席羅娜還高吧……

不論任何地方，萊卡一來果然就像一幅畫一樣。

「不……吾人並非持續擔任冒險家……這一次是臨時參加……」

萊卡完全露出害羞的態度，但她的模樣反而抓住了粉絲的心。可是她沒辦法擺出不在乎的態度，所以應該無解。

席羅娜則露出有些複雜的表情。

「如果冒險家投票輸給萊卡小姐的話，我會有一點嫉妒。」

「妳和萊卡的受眾不一樣，應該沒關係吧……」

# 參加敦布拉公的桃子慶典

She continued destroy slime for 300 years

這一天晚上輪到我負責做飯。

「雖然加太多香草的話，女兒們不喜歡，但我個人喜歡多加一點呢～」

我在燉菜中斟酌女兒們勉強能接受的界線，同時添加香草。這種情況下香草與其說增添香味，其實更接近蔬菜。

然後我解凍並燒烤儲存的山豬肉，還大量添加消除腥味的特製醬汁。

這裡沒辦法在超市購買各式各樣的食材，基本上都是大雜燴。不過即使是大雜燴，也會講究讓料理更美味。

其實光是有時間下廚就很棒了。當社畜就得天天當「老外」……而且還沒辦法在豪華餐廳用餐，幾乎都是開到很晚的連鎖店……連打工仔都記住了我……

這時候房門開啟，哈爾卡拉與萊卡回來了。

萊卡化為龍型態，迎接在納斯庫堤鎮工作的哈爾卡拉回家。另外看日子，有時候是芙拉托緹負責。這也像輪流作飯一樣，採用輪流制。

「我回來了～」

「亞梓莎大人，今天吾人同樣安全飛行，平安返家。」

不錯，哈爾卡拉也很早就回來了，非常好。人類一天工作六小時已經足夠了。不，或許六小時還太多。

「嗯，兩人都歡迎回來～……嗯？那封信是什麼？」

哈爾卡拉的手中有一封信。

可能是寄到哈爾卡拉製藥工廠的吧。

「不愧是師傅大人，眼力真好。我現在正準備說明這封信呢。」

好像為了說明的哈爾卡拉走進廚房。

然後從已經開啟的信封中抽出信。

「似乎是『尊葉鎮』的精靈舉辦慶典的時期，來函邀請我參加。」

「精靈的地名真是獨特呢……那座城鎮也在『善枝侯國』內嗎？」

哈爾卡拉的故鄉位於伏蘭特州內部，名叫善枝侯國的城鎮。

「不，尊葉鎮是略為南邊，位於翁托斯州的城鎮。對精靈而言感覺像是不同國家，關聯性十分薄弱。」

在精靈的印象中，只要改變居住的森林，就是不同國家的人。

「我啊，目前不是在伏蘭特州的故鄉也有工廠嗎？所以來自伏蘭特州的精靈相關資訊，就寄送到納斯庫堤鎮的工廠了。」
以前哈爾卡拉曾經關閉過伏蘭特州當地的工廠。後來與當地和解，現在已經重新營運。
「那麼尊葉鎮的慶典，究竟是什麼樣的內容啊？」
還沒問到關鍵。
「是敦布拉公的桃子慶典。」
「咚噗咚噗（註5）的桃子慶典？桃太郎!?」
咚噗咚噗是形容桃子順著河川漂流過來的神祕詞彙。
據說除此之外沒有其他例句，是超級沒用的詞彙之一。
應該只有桃太郎才會出現桃子順流而下的畫面。或許外國的神話也有類似的故事，但應該沒有咚噗咚噗的概念。
「桃太郎是什麼意思呢？這是頌揚尊葉鎮傳說中的英雄，敦布拉公的慶典喔。由於他出身自敦布拉這個村子，才有此名號。」

註5 日文音同敦布拉公。

「原來是敦布拉的領主啊！話說他叫敦布拉公，代表相當了不起呢……」
身分地位會隨著時代產生變化。嚴格來說很難表達他有多偉大，但應該是大貴族沒錯。
「因為是傳說中的人物，這方面其實不太嚴謹～畢竟他是從桃子中誕生的啊～」
「果然是桃太郎嘛！」
從桃子中誕生的傳說故事，我只想到桃太郎而已。
「到底桃太郎是什麼啊？」
在這個世界果然不知道桃太郎的故事。
「敦布拉公的故事僅在精靈的部分地區流傳，師傅不知道很正常。我現在說明吧。」
「知道了。那我邊做菜邊聽妳說。」
當成烹調中的ＢＧＭ剛剛好。
「那我就開始說敦布拉公的故事囉。哎呀～真是懷念，小時候也聽附近的阿婆說過呢。」
意思是類似民俗童話吧。
「很久，很～久以前，有一對桃子夫婦住在名叫敦布拉的村子裡。」

「等一下！」
「有什麼事情嗎？師傅大人，不要一開始就叫人停下來嘛，這樣會打亂節奏。」
就算她這麼說，可是從一開始就包含必須確認清楚的資訊，不能怪我啊。
「桃子夫婦是怎麼回事？意思是桃樹彼此是夫婦，還住在一起嗎？」
我的腦海中浮現穿著衣服的桃樹站在一起的畫面。
「根據我聽過的版本，應該是兩顆桃子果實分別為夫婦。敦布拉這個村子的居民全部都是桃子。」
「桃子果實又不能吃任何東西，而且將果實設定成夫婦很奇怪吧。桃樹結婚之後有了小孩，不就變成裡面有種子的桃子果實了嗎？」
「問我這種小地方，我怎麼知道呢～終究是傳說故事，拜託別計較這麼多吧。」
其實桃太郎也有很多值得吐槽的地方，現在就忍耐一下吧。
「然後呢，桃子夫婦當中的太太，有一天前往河邊洗衣服。」
去河邊洗衣服這一點和桃太郎一樣。
「結果水順著河川流了過來。」
「因為是河川啊，當然嘛！」
這種資訊真的沒有意義！
「誰曉得？可能平常是乾枯的河床，去洗衣服的時候發現，有許多水很神奇地順流而下吧？」

「那應該不會去那條河邊洗衣服。」

不熟悉的民間故事，就會忍不住在意大量不自然的地方……

「師傅大人太計較小地方了啦。故事內容就是這樣，有什麼辦法。另一方面，在同一時間，桃子丈夫前往山裡，結果被人類吃掉了。真可憐……」

原來這種世界觀也有人類啊……

「丈夫被吃掉，太太非常難過。不過太太已經懷有身孕了！可愛的桃子小孩就這樣誕生了！」

腦海中浮現從桃子生出桃子的超現實光景……

可是又出現了奇怪的地方。

「到目前都沒有出現精靈耶……目前只有桃子出現。」

「放心吧。小桃子後來健康地成長，成為優秀的精靈呢。」

「成長過程真是曲折耶！」

如果沒有出現魔法師，將桃子變成精靈之類的情節，肯定很奇怪。

「師傅大人，所以說別吐槽小地方啦。就是這樣的故事。」

以精靈的角度而言，可以接受植物變成精靈嗎？

「那位精靈後來成為英雄，最後成為眾人口中的敦布拉公。可喜可賀，可喜可賀。」

「噢，之後的部分倒很普通——等等，怎麼不描述活躍的部分啊！」

最關鍵的部分完全被省略了。

「接下來有好幾個版本。例如敦布拉公打敗了哈密瓜，敦布拉公讓桃子成為當地的特產。或是敦布拉公促成桃子與蘋果結盟，一起對抗梨子的故事。」

「中間那個故事，難道不等於桃子賣身嗎？」

敦布拉這座村子，不是所有居民都是桃子嗎？

「敦布拉公與心腹屬下蘋果與葡萄結為義兄弟，『桃園結義』的故事特別受歡迎。也曾經單獨選這一段編成舞臺劇呢。」

「概念已經大混亂了啦！」

蘋果和葡萄都已經擬人化登場了，拜託別在桃園結什麼義好嗎？

好像被無數桃子監視一樣。

「沒關係啦，師傅大人。我再重複一次，這只是騙小孩子的傳說，不可以當真喔。況且怎麼可能從桃子誕生精靈呢，蘋果和葡萄當屬下也很莫名其妙。聽起來超弱的不是嗎？」

故事說到這裡告一段落，但是這麼扯的故事，就算當成童話也很難吧……

聽著敦布拉公的故事，燉菜剛好也煮得差不多，咕嘟咕嘟直響。

「對了，那場桃子慶典會販售很多桃子嗎？」

將話題拉到慶典來。我對慶典更有興趣。

「是的，全都是桃子喔。還會舉辦看起來像屁股的桃子比賽。」

「這種比賽無關緊要。」

哈爾卡拉該不會故意挑選沒用的資訊說吧。

「既然能享用桃子，倒是想去看看呢。法露法與夏露夏肯定也會開心。」

彷彿連現在都能看見兩人歡欣雀躍的模樣。能享用桃子的話，我也想吃。

「那就決定參加桃子慶典囉。乘坐萊卡小姐與芙拉托緹小姐的話，前往翁托斯州的尊葉鎮不會太久。」

「是的，吾人也想去！」

剛才在飯廳的萊卡似乎聽到了桃子慶典的事情，可能想到桃子點心之類，顯得十分陶醉。萊卡喜歡吃肉，但也喜歡甜點。絕大多數女孩子兩者都喜歡。

「話說萊卡知道敦布拉公的故事嗎？」

「第一次聽過。夏露夏妹妹或許知道吧。」

果然是只在精靈之間流傳的傳說嗎？

「剛才稍微聽了一下，除了敦布拉公以外，沒有任何精靈登場呢。」

她發現了連我都沒注意到的吐槽點。

晚餐時分聊起桃子慶典的話題，法露法與夏露夏隨即都大感興趣。

「桃子非常好吃呢！法露法最喜歡了！」

「自古相傳桃子有驅邪的效果。由桃子誕生的精靈，敦布拉公肯定具有聖人的意義。另外夏露夏也喜歡桃子。」

雖然夏露夏分析得煞有其事，但是身為母親，她喜歡桃子的部分比任何資訊都重要。

還有，芙拉托緹也幹勁十足地表示「我要參加大胃王比賽！」

龍族參加大胃王比賽的話，消耗量可不是普通的驚人呢……

「芙拉托緹小姐，沒有大胃王比賽啦……」

哈爾卡拉立刻訂正。大概認為如果讓她過於期待，會很麻煩吧。

「不會吧!?那就不能拚輸贏了啊！」

為什麼想要拚輸贏啊。對芙拉托緹而言，即使是在桃子慶典也想一較高下吧。

另外最不感興趣的是桑朵菈。畢竟她沒辦法食用桃子。

不過似乎不是因為這個原因。

「桃子嗎……他們都特別大牌呢……印象中很多桃子的個性都很差……」

在植物中似乎高高在上，受人厭惡……

「像是桃子或栗子，短短三年就擺出了不起的態度。才短短三年，三年而已呢。杉樹都有許多活了幾百年呢。應該向從第八年開始表示『自己也差不多成為中堅分子了』的柿子學習才對。」

雖然意義不一樣，不過她的說法讓我想起『桃栗三年柿八年』的諺語……

總而言之，確定全家一起參加桃子慶典啦。

「大家盡情享用桃子吧！」

法露法與夏露夏高舉雙手歡呼。這個世界沒有類似遊樂園的地方，所以剛剛好。

況且機會難得，能邀的對象都先通知一聲吧。

另外別西卜來到高原之家時，我告訴了她。因為她經常來，這種時候就很方便。

她的回答是「能去就會去」，會來的機率大約一半吧。

◇

桃子慶典當天。

我們抵達了尊葉鎮。

## 尊葉鎮
## 敦布拉公
# 桃子慶典

村子有一座寫著這些字的大門。

由於大量生產桃子，村子的景色並非深邃的森林，而是大量桃樹並列在寬廣的平坦土地上。

雖然是平坦土地，卻是一片高原。海拔高度相當高。

「景色與善枝侯國完全不一樣呢。」

我回想路線馬車穿梭的善枝侯國，同時表示。

「因為善枝侯國在精靈的地區算是城市啊。相較之下，尊葉鎮就像在地都市吧～

而我可是城市人喔。」

哈爾卡拉一臉得意。似乎對精靈而言，也有住在都會比較時髦的風潮。

「精靈不是沒有森林就無法居住嗎？全都是桃樹耶。」

芙拉托緹感到不可思議地詢問。的確有森林＝精靈的印象。

「尊葉鎮的精靈居住在四周的山中。因為這裡是盆地，只要走一段路就會碰到山。看，有看到左右都接近山坡嗎？」

話說回來，這裡沒有無限延伸的地平線，舉目可見清晰的翠綠山林。這方面的景色或許接近日本。雖然我沒去過，不過山形縣和長野縣盛產桃子的地方，或許也像這樣吧。

「那麼就走吧，應該也設置了幾座販售桃子的攤販。」

還沒聽完哈爾卡拉說明，法露法與夏露夏便迅速跑向會場。

氣勢與在家附近來回奔跑時不一樣。

那是真的要衝過去享用桃子！

「小心別迷路囉～這一點要特別注意喔～」

「好～！」「明白！」

既然是慶典，會興奮是當然的。只要她們能開心就好。

龍族二人組也同樣想跑向會場。

「哈爾卡拉，我們也可以分別自由前往想去的地方嗎？」
「也好。反正尊葉鎮是鄉下，慶典會場沒有大到會迷路。」
哈爾卡拉不時強調自己是城市人呢……
「萊卡，來比賽看誰能吃得多吧！」
「不，比起輸贏，仔細品嘗每一顆桃子的滋味比較有意義！」
「那就比賽看誰能推薦最美味的桃子菜單吧！」
「這樣吾人願意接受！」
奔跑的同時，龍族二人組提出女子力相當強大的比賽方式。
「我倒是沒辦法這麼來勁。就輕鬆一點吧。」
我獨自悠哉地前往會場。
首先映入眼簾的是——

一下子就出現莫名其妙的東西！

哈爾卡拉非常煩惱該投票給幾號。

「三號很接近屁股，可是有點樸素呢。七號則比較有躍動感。」

話說回來，她之前說過有這種活動吧……原來她這麼感興趣嗎？

我就別管她了，繼續往前進吧……

接下來映入眼簾的，是一面很大的旗幟。

這裡在舉辦什麼活動呢？

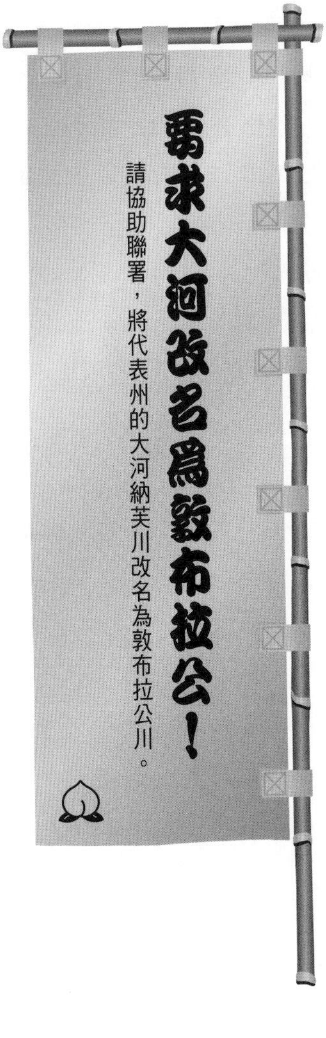
要求大河改名爲敦布拉公！
請協助聯署，將代表州的大河納芙川改名為敦布拉公川。

精靈穿著鎧甲，大聲喊著「將大河命名為敦布拉公！敦布拉公！」應該是打扮成敦布拉公的模樣吧。

我想起聯署要求在地武將成為大河劇主角的活動……

這裡的祭典果然也有些奇特……

之前看過好幾次一點都不像異世界的魔族生活。哈爾卡拉的故鄉善枝侯國也有類似路線公車的交通工具行駛，有點像二十一世紀呢。各地的精靈可能都有特殊的價值觀。

再往前走，便看到一大排臨時設置的建築物。

還真是受歡迎呢。排隊的都是男性精靈。該不會在比賽扛起巨大的桃子吧。

建築物前方掛著像是黑色的厚重簾幕，上頭張貼著這樣的文字。

「這種攤位怎麼不偷偷設置在後方啊！」

不要設在會場前方好不好！

就算是桃子，也不該宣傳會聯想到桃色的靈感吧。

經過入口附近的可疑區後，會場也一口氣變得正經了些。

並列著好幾間桃子料理的攤販。

還見到坐在板凳上，正在享用桃子的法露法與夏露夏。

桃子的美味果然很穩定。

我也決定買一份切片的桃子。

不過似乎有許多品種，真猶豫要選哪一種呢。

敦布拉公的母親 300戈爾德

敦布拉公的父親 350戈爾德

敦布拉公的堂弟 500戈爾德

敦布拉公的祖母 500戈爾德

敦布拉公的祖父 500戈爾德

敦布拉公的朋友 600戈爾德

品種的命名品味好可怕！

況且哪有人用祖母或祖父當成水果的品種名稱啊……感覺缺乏水嫩感呢。

於是我購買了一顆與最標準的「敦普拉公的母親」相像的。

切好的桃子盛放在木器中，交到我手上。果肉上插著一根以木頭製成的籤。應該類似牙籤吧。
我立刻將一片桃子送進嘴裡。
「嗯，真好吃！味道很穩喔！」
甜美的果汁緩～慢在口中擴散！雖然很單純，不過水嫩的高雅甘甜，這才是桃子的原點。果然選擇母親是正確的。
我也跟著坐在法露法與夏露夏身邊。
「如何，好吃嗎？噢，應該不需要問吧。」
兩人都露出非常幸福的表情，肯定不會說難吃。
法露法喝掉了累積在容器底部的桃子果汁。啊，這也很好喝喔！
「法露法好幸福喔～好像在天國一樣！」
「這裡是桃花源，真是太棒了。」
「對呀～真羨慕能種出如此美味桃子的土地呢。」
高原之家附近的土地不太適合種水果。不過機會難得，要不要在家的附近種幾棵桃樹看看呢。
呃……桑朵菈討厭桃樹，可能沒辦法。
不過，現在卻沒辦法悠哉地閒逛。
「嗚呀——！」

因為從遠處傳來芙拉托緹的尖叫。

「她該不會又惹了什麼麻煩吧……去看一下……」

然後我前往尖叫聲傳來的方向。

龍族一旦發狂，精靈的慶典就完蛋了。身為家長必須阻止才行。

該處有一座小型舞臺，芙拉托緹也在上頭。

太好了，似乎只是在參加活動而已。不過她究竟在做什麼？

我看了一眼舞臺旁邊的告示牌。

**比賽究竟能**
**吃多少顆澀桃子**

連鳥兒與蟲子都不來吃的超澀桃子，
你能塞幾顆進入胃裡呢？

冠軍獎品　澀桃子　吃一輩子

「有必要這麼拚嗎!?」
而且誰要這種獎品啊，送我都不要。
「唔唔……入口的瞬間以為可能是甜的，隨後的澀味卻讓人好難受……」
芙拉托緹一臉苦澀地吃著桃子。某種意義上，她的模樣好像禁慾主義者。
其他挑戰者也噘著嘴，忍受桃子的澀味。
大家的參加目的到底是什麼？我最在乎的是這一點。不是連名譽都得不到嗎？
「就算難受也要吃！如果認輸的話，就只會留下吃過澀桃子的事實！所以至少要贏！」
熱情用在這種地方，真的好嗎？
反正能消耗掉原本沒用的澀桃子，桃農應該很感謝這種活動吧。
桑朵菈出現在觀眾席。
既然桃子的美味與她無關，或許這種活動比較有意思。
「哎~桃子當中也有這種不及格的貨色呢。以這種意義而言真是悲慘。難得生為桃子，結果卻無從表現，或許比一輩子當雜草還可憐。」
桑朵菈似乎有獨特的感想……
「總覺得對桃子始終很不爽。桃子內部彼此也競爭得很激烈呢。你們就繼續在生產更甜美果實的規則中掙扎，將美味的果實分給動物吧。屆時應該會獲得上好的肥料。」

聽到植物角度的感想，會害我以後無法坦率地稱讚桃子美味耶，真傷腦筋。

反正可以解釋成大家都以各自的立場，享受桃子慶典吧。

芙拉托緹還在與澀桃子奮戰。

看來會拖得比想像中還要久，去其他地方吧。

攤販區的彼端，展示桃子的栽培方式與如何收成。

說是展示，其實就是文章與說明插圖，芙拉托緹肯定不會來這裡。連我都想略過了。

不過卻有家人在這裡。

萊卡很感興趣地閱讀文章。

實在太優等了，好耀眼喔！

「嗯嗯，原來是用這種方式種植優秀的桃樹啊。不過直到出貨為止，竟然有如此嚴格的檢查……意思是要維持品牌，就不能放縱自己嗎？」

「萊卡真是熱衷於學習呢。」

「啊，亞梓莎大人！」

她剛才似乎完全沒發現我接近。

「妳這麼認真閱讀，製作者應該也會很高興吧。」

「吾人學到為了保護名牌桃子，究竟需要多麼細緻的工作程序。果然不可以鬆懈呢。這些道理應該也適用於磨練實力。」

「能像這樣改成警惕自己的內容也很厲害耶……」

我也試著閱讀說明文，可是字好多，中途就看煩了。魔女的植物知識與農家的植物知識完全不一樣。魔女不具備栽培桃樹的知識。

「萊卡，我要閃人了……」

「好的，亞梓莎大人。吾人應該還會再花一些時間，請您到其他地方參觀吧。」

都搞不懂到底誰是師傅，誰是徒弟了……

展示區的前方似乎是休息區，沒有擺放任何與桃子相關的物品。有幾間與桃子無關的攤販並列，應該是吃膩桃子的人專用區域吧。

該怎麼辦呢，要回到賣桃子的區域去嗎？

「呼……在這裡最舒服了……」

從特別高的地方傳來聲音，結果是羅莎莉飄浮在附近。

不知道是否感到寒冷，她的雙手分別緊摟另一側的手臂。難道幽靈也會感到寒冷嗎？

「咦，羅莎莉，妳似乎不太舒服，沒事吧？」

至少她看起來並非在鬧。

「噢，大姊……我似乎不適合種植很多桃樹的區域。身體好像會發抖……」

我想起夏露夏說過的話。

「記得有提到桃樹可以驅邪吧……」

大概具備驅散惡靈的效果。

話說還有世外桃源這種說法，或許桃子包含了神聖的元素吧。

「我也是來到充滿桃樹的地點，才第一次知道自己不適合……還好這裡沒有桃樹。」

「真是對不起妳……想不到會有這種問題……」

當初沒想到羅莎莉不適合參加桃子慶典。活人的價值觀有許多不理解的事情。

「不，大姊，別放在心上。我也充分享受過了喔。在這裡有許多聊天對象，不會覺得厭煩呢。」

聊天對象？該不會……

「這裡聚集了許多從桃樹眾多的地方逃難而來的惡靈。我正在和大家聊天。」

「惡靈果然跑來了嗎！」

不過這樣能讓羅莎莉打發時間就好。

「嗯，那就在這裡多待一下吧。萊卡應該也會暫時待在那裡的展示區。」
「知道了，大姊！」
於是我再度回到攤販區。

結果發現用餐區有個服裝特徵很明顯的女孩。
服裝特別的白。總之一身都是白。
她可能是……
我試著悄悄繞到正面一瞧，果然是席羅娜。
因為先前也知會過她一聲，她似乎真的來了。
「妳來了啊，席羅娜！」
「哇！不要突然發出聲音好嗎？乾媽。」
「拜託，不要在人多的地方叫我乾媽好嗎……」
我的外表是十七歲，會引起他人誤會。雖然大多數精靈的外表都很年輕。
「這是事實，有什麼辦法，乾媽。」
不要故意這樣喊啦。
「對了，席羅娜，今天妳吃了什麼？」
她連吃東西都要講究白色吧，總之就是白得徹底。

「當然是桃子，攤販販售的幾乎都是桃子啊。」
她露出問了也是白問的表情。
「不是啦，桃子不是沒那麼白嗎？原來妳不是只吃呈現白色的東西啊，讓我稍微鬆了口氣呢。」
「這是白桃。」
「原來是這個意思！」
「黃桃我絕對不吃。要吃就只吃白桃。」
妳就堅持自己喜歡的東西吧，沒有人會阻止妳。
「對了……」
席羅娜環顧四周一番。
「對了，兩位姊姊在哪裡？」
遇見法露法與夏露夏的時候，她坐立難安的感覺好像遇見憧憬的前輩。對我的態度則明顯不同。
「應該就在附近。大概在哪間攤販排隊吧——哦，猜中啦。」
兩人在桃子塔的攤位排隊，正準備購買。
回過頭來的兩人好像發現了我，走了過來。
「是媽媽與席羅娜小姐～♪」

「妹妹席羅娜小姐，妳好。」
兩人都稱呼她「席羅娜小姐」啊……這也難怪，席羅娜看起來年紀比較大……我身邊的人際關係也太複雜離奇了。
「啊，貴安……兩位姊姊……」
席羅娜的態度明顯僵硬。
或許這方面有史萊姆妖精彼此才知道的內心微妙之處。由於我沒當過史萊姆妖精，完全不明白。
然後我露出作戰成功的表情（雖然沒有鏡子，嚴格來說我也不確定）。
由於席羅娜始終不肯來我家，自然也很難與法露法和夏露夏見面。她的個性似乎是沒有原因就不願登門拜訪。
不過這也不足為奇。
因為我是以別西卜為基準，即使沒有原因也經常上門。或許我的想法才有偏差。
所以桃子慶典這種場合剛剛好。在慶典上見面隨緣，可以心情輕鬆地參加，所以她應該也比較肯來。
「席羅娜小姐也要吃桃子塔嗎~？」
「不，不好意思讓兩位姊姊請客。應該由我來請才對。」
這樣很怪喔。

「經常聽到妹妹席羅娜小姐的活躍事蹟呢。」
「過獎了，我還有很大的進步空間。夏露夏姊姊倒是今天也特別漂亮呢。」
稱讚的方式也沒什麼章法。因為席羅娜屬於社會人士，才會像這樣不太協調。
這一點姑且不論。
三人似乎開始親密地聊天，而我則靜靜地前往其他地方。
史萊姆妖精彼此的交流也很重要呢。

然後我去排桃子果汁的隊伍。
桃子成分百分之百，非常豪華。
不過排在我前幾位的人，看起來非常眼熟。
她開口說「請給我最鮮嫩欲滴的～」所以我更加確定。
「悠芙芙媽媽也來了呢。」
「啊，這不是亞梓莎嗎？終於找到妳囉～♪」
嗯，之前我也聯絡過悠芙芙媽媽。
「機會難得，就一起度過母女獨享的時間吧～」
我也趁購買果汁的時機，和等待已久的悠芙芙媽媽如此提議。
「好呀。」

母女一起參加慶典也別有一番風味，小時候可沒有這樣呢。
我們兩人坐在長凳上。
「妳當媽媽還順利吧？」
「多了一個乾女兒，難度略為上升了些吧。」
「啊～我知道，可以體會～」
「悠芙芙媽媽，妳真的明白了嗎？」
有人會特別強調自己明白，悠芙芙媽媽的反應很像這樣喔。
「就這樣，打過招呼的對象幾乎都來了呢。不過還沒看見最關鍵的人物。」
「姊姊大人，我也來了喔～♪」
一聽聲音就知道。
只見佩克菈小跑步前來。
跟在後頭的別西卜露出疲憊的神情。擔任隨從就加油吧。
「啊，這不是佩克菈妹妹嗎？」
「水滴妖精悠芙芙小姐，魔法直播受您照顧了♪」
兩人開始寒暄。原來她們是透過魔法直播認識的……
獨特的網路似乎一點一點擴大，真是太好了。
「姊姊大人，一起到那一攤桃子攤位排隊吧！」

「我已經吃過了那一道。」

「陪一下妹妹嘛。」

結果我被強行拉走。

這點小事就陪陪她吧。反正我也讓悠芙芙媽媽陪過我了。

不過佩克菈卻經過桃子的攤位。

「姊姊大人，我對那邊比較感興趣。」

「不行！不可以去那邊！回去吧！」

我硬將佩克菈拉回來。
別對奇怪的地方感興趣！
當天一整天，所有人都享受了桃子慶典，似乎還不錯。況且以規模而言，一天就足以逛完了。
不過……
「暫時不用再吃桃子了……」
回程途中，騎在龍型態萊卡身上的我嘀咕。
在攤位上徹底享用了桃子大餐，再怎麼樣都會膩。
因為陪佩克菈逛的關係，又額外吃了好幾道桃子料理。魔族的食量還真大……
「對啊~我也喝太多桃子酒了，有點難受……」
哈爾卡拉也在後頭臉色發青。
「妳那是老樣子吧！」

© Benio

# 冷卻了古代文明

She continued destroy slime for 300 years

芙拉托緹的模樣從前幾天就不太對勁。

「八百五十七，八百五十八，八百五十九！」

她一直在飯廳不停地做扭動身體的仰臥起坐。

「怎麼回事？突然想到要做仰臥起坐？還是要減肥？」

或許對龍族而言不足為奇，但是次數多到離譜。不過能做這麼多次仰臥起坐的人，最好找個減肥以外的目標比較好。

「都不是！啊……忘記次數了……」

「抱歉！我可能做了不該做的事！」

「沒關係，主人。我原本就對次數沒什麼興趣。大概已經數錯了三十次吧。」

雖然覺得這樣不太對，不過次數這麼多，算錯這點程度是當然的。

「所以說，妳究竟在做什麼呢？另外地板應該不太乾淨。」

這個世界習慣在家裡穿鞋子，哈爾卡拉老家的規矩倒是要脫鞋。

「聽桑朵莁說比地面乾淨多了，所以沒問題！」
是以植物為基準嗎？
這時候萊卡也並列在芙拉托緹旁邊。
「真佩服妳的肌力訓練呢。吾人也不能輸給妳！」
萊卡在一旁也跟著參戰。
呃，其實萊卡應該不需要增加肌肉這種層次的訓練。不過跟著做也不會有損失，所以我不會阻止她。
「萊卡啊，我芙拉托緹在做的才不是肌力訓練這種無聊活動。啊……我已經完全忘記次數了……」
果然還是有數嘛……肌力訓練中嚴禁交談。
「一、二、三，那麼妳究竟，七、八、在做什麼呢，十一、十二！」
萊卡靈巧地邊做邊數。
「這種事情還看不出來嗎？所以紅龍就是沒用嘛。就因為住在溫泉地，水溫才會不太冷也不太熱。」
「真不明白究竟是在罵人還是在誇人呢。十七、十八！」
聽起來的確有點像溫泉的廣告。
「那我就告訴妳吧。」

芙拉托緹露出相當得意的表情。

**「是我芙拉托緹的身體在追求鬥爭！」**

「噢，原來是這樣——等一下，沒多久之前不是才追求過嗎！」

「已經參加鬥牛慶典，發洩過了吧!?」

我和萊卡幾乎同一時間吐槽。不愧是師徒，真有默契。

「主人，區區鬥牛慶典怎麼能充分滿足鬥爭心呢。所以為了多少滿足鬥爭心，才會開始做仰臥起坐。一、二、三、四！」

已經算不清楚做了幾次，才乾脆從頭開始數吧……

話說我在人生中，第一次聽到滿足鬥爭心這種用法。

活得久果然有好處。還有許多我不知道的價值觀呢。

「所以說，做仰臥起坐可以滿足鬥爭心嗎？」

我實在不太想在正對她做仰臥起坐的廚房準備晚餐。這樣讓我分心。

「老實說，完全不夠！一、二、三、四！」

又從頭開始數了……

「主人，這附近有沒有可以冷凍的森林呢？」

「沒有！這樣會破壞自然環境，所以不行！」

「知道了……我會盡量多做仰臥起坐，避免冷凍森林……」

芙拉托緹顯得無精打采。有氣無力的同時，依然繼續做仰臥起坐。看起來好奇特。

唔……沒什麼東西適合讓她冷凍吧。

結果傳來某種大型翅膀揮動的啪噠聲。

來到外頭一瞧，見到大型飛龍正在揮動飛翼。

又送東西來了嗎？否則究竟是誰在乘坐飛龍呢。

大型飛龍緩緩降落在高原上。

「哈囉，人家是小穆！目前擔任沙沙．沙沙的國王喔。表演小短劇，拔河。唔，勒住、勒住脖子了……喉嚨好痛——等等，這不是拔河，而是上吊吧！好，請多多指教！」

「好煩的問候喔！」

一般而言說「妳好」就夠了吧。

就這樣，小穆獨自跑來了。飛龍類似交通工具，不算訪客。

「哎呀～和魔族合作後，借來了飛龍呢。這樣能活動的範圍也擴大啦～」

「這倒是不錯，但是小心別被一般人看見，不然會有點麻煩。不……一般人就算見到，也不會猜到妳是古代文明的國王吧。」

畢竟她又沒有長著獨特的角。

「所以妳是來做什麼的呢？羅莎莉應該在家裡的某處飄盪。」

小穆會來的目的，最有可能是來找羅莎莉玩耍。

「這一次不一樣。」

小穆以雙手比出大大的叉叉。她的反應特別誇張呢。

「人家有事情委託。心想高原之家的人應該辦得到，才會前來。」

「委託嗎……趕快告訴我內容吧。不知道內容感覺不太舒服。」

實在難以預料古代文明的國王會提出什麼要求。

「希望妳可以冷卻沙沙．沙沙王國。」

「冷卻王國？」

我還是聽得一頭霧水。

冷卻王國是什麼的比喻嗎？要我降溫景氣之類的嗎？就算是幽靈，這麼做也毫無意義吧。

「這個～後續就到房子裡聽吧。說明起來好像很花時間。」
「好啊，那就走吧。」
不過才剛走到門前，我就察覺不對勁，回頭一瞧。
小穆大概只往前走了一步而已。
「唔……一步一腳印，只要慢慢前進，總會抵達目的地……」
「還是一樣毫無運動能力耶！」
剛才看到次數驚人的仰臥起坐，反差特別強烈。
於是我背著小穆進入高原之家。

小穆提出冷卻王國的要求，內容如以下所述。
「沙沙．沙沙王國目前正面臨溫室效應問題。」
想不到連在這個世界也會聽到溫室效應……
「可是妳們王國根本沒有排放二氧化碳——啊，妳們沒有二氧化碳這個概念吧。」
印象中這個世界應該也有二氧化碳，但可能因為有魔法，科學比較不嚴謹。
「人家不知道二氧化碳是什麼。可是已經治理王國很長的時間啦。結果發現王國比以前熱了。」
原來是這樣……據說地球在幾百年前也較為寒冷一點……

不論有沒有科學技術，都會有暖化時期，也會有冰河時期。

「不過妳們不是已經死了嗎？暖化會造成什麼困擾？」

我不太明白有什麼壞處。由於小穆有身體，或許腐敗會加速，但她似乎不是因為個人原因來尋求協助。

「暖化會造成……前所未見的草或樹木不斷生長……」

小穆臉色發青地表示。

「咦……就這樣？」

比我想像中更沒意思耶？

「光是這樣問題就超嚴重了好嗎！妳的反應很奇怪喔！」

雖然她向我發脾氣，但我的確有聽沒懂。

「比方說，我們人類會因為新品種植物的花粉而罹患花粉症。可是與幽靈無關吧？」

腳下傳來「我也完全不受花粉影響喔」的聲音。

羅莎莉在椅子下方冒出頭來。

「好恐怖！妳從哪裡冒出來啊！嚇死人家了！壽命會縮短耶！」

小穆這番話是在等人吐槽嗎？

雖然不確定，但嚇了一大跳應該是真心話。

「真是的，妳們什麼都不懂耶……新品種植物在墳墓之間生長，會破壞墳墓啦！（註6）啊，破壞墳墓，聽起來好像超冷的冷笑話……」

笑話的部分姑且不論。

「噢，植物如果在岩石上扎根，岩石會破裂呢。」

「沒錯，就是這樣。」

小穆伸出雙手的食指朝向我。另外兩隻拇指則九十度朝上。這位國王的反應真的很像藝人……

「繁殖力很強的植物跑進了石頭內，大家的家都陷入危機了……再這樣下去，一百五十年後遺跡可能會變成廢墟……」

「什麼啊～一百五十年後喔。」

這不是我，而是芙拉托緹的吐槽。老實說，我也差點說出口。

「既然還這麼久，應該還不用擔心吧。一百五十年後再想辦法也不遲。」

「拜託喔！這種事情是循序漸進的耶！一百年後也會造成相當嚴重的傷害吧！必須先發制人才行！要是過了一百五十年後再想辦法，就火燒屁股了！」

這話也有道理。如果不快點採取對策，修理範圍可能也會擴大。

---

註6　破壞與墳墓的日文近音。

「所以為了找妳們幫忙，才會大老遠來一趟。」

『找我們幫忙』這種態度聽起來很大牌耶……雖然她的確是國王。

咦，話說直接委託的內容不是——

「幫忙冷卻整座遺跡，讓生長在溫暖地區的植物通通枯死！順便讓土地寸草不生吧！」

寸草不生這種形容詞可以用在自己居住的土地上嗎……

不過還有疑問，所以我得先確認。

「倒不是不行，但如果對植物造成傷害，也會導致石頭風化或損壞喔。」

如果滲入石頭的水分結冰，石頭應該會破裂。

「只要施加風雪不會跑進石頭內的魔法，做好防禦即可。降低氣溫徹底驅逐植物吧！拜託啦！多謝！」

「在別人答應之前不要說『多謝』。」

不過老實說，我認為並不是壞事。

甚至可以說利害關係一致。

「芙拉托緹，這不是剛剛好嗎？」

我拍了拍坐在一旁的芙拉托緹肩膀。

「將妳的鬥爭心用來冷卻遺跡吧。這項委託應該可以讓妳盡情吐出寒氣！」

「那真是感謝啊！看我盡情肆虐！可以砸得粉碎！」
芙拉托緹的情緒也一口氣激動不已。
「呃，砸得粉碎這種形容不太吉利……可別破壞遺跡啊……目的終究是讓植物枯萎好嗎？」
這時候小穆就很冷靜。
說起來，單獨派芙拉托緹去的確有些恐怖。
應該說非常恐怖。
「那就由芙拉托緹和我一起前往沙沙．沙沙王國吧。」
「啊，自己也要來啊。」
這裡說的『自己』是第二人稱，在小穆的口中同樣指我（亞梓莎），是關西腔的用法之一。原本應該不是關西腔，而是其他語言，不過透過魔法翻譯的結果，聽起來是這樣。
「另外機會難得，羅莎莉要不要來？」
小穆對腳下僅露出頭的羅莎莉開口。為何她一直保持這個姿勢啊。
「我也可以去吧！讓我跟吧！」
應該很少有地方像那裡幽靈那麼多，羅莎莉應該也很開心吧。
可以說事情就此敲定。接下來就是何時出發——

「好，大家現在就來吧。人家幫妳們準備住處。」
「等等，先讓我調整行程表。」
這位國王未免也太性急了。
「有什麼關係嘛。這種事情就該快點搞定，快點結束才對。否則一延後就會忘記。還有芙拉托緹和羅莎莉都沒工作吧，看，飛龍已經在等待了，來嘛。」
還真是強硬耶。雖然有不少人會突然來到高原之家，但沒有人像她這樣硬拉喔……
不過行程表倒是沒有很滿。這一點還可以稱作慢活吧，離開家三、四天不是問題。
早點結束，早點回來其實並不壞。
應該沒有問題，但還是先交代一下。
「萊卡，就是這樣，我們準備要出發了，高原之家就拜託妳啦。」
老實說，萊卡是最可靠的。
「好的！請交給吾人吧！即使以性命相搏，吾人也會保護高原之家！」
「不用犧牲這麼大沒關係！要好好保護生命！」
既然交代結束，於是我向三個女兒告知要出門。
「法露法會在家裡當乖孩子，要買伴手禮回來喔～！」

「不需要擔心家裡。夏露夏也要伴手禮。」

「帶點土壤當伴手禮就行了。」

伴手禮嗎……那裡和魔族的地區不一樣，應該沒什麼地方在賣吧。另外土壤是怎麼回事。如果裡頭有種子，該不會造成外來植物大肆蔓延吧……？

我有點曖昧地回答「我會斟酌的」。

於是我和羅莎莉乘坐化為龍型態的芙拉托緹，出發前往沙沙‧沙沙王國。

或許很難說羅莎莉『乘坐』的用法對不對，不過既然一起載過去，就用這個詞吧。

◇

「我也逐漸看慣這座古代文明的遺跡了呢。」

我們來到石頭堆疊的三角形遺跡群之中。

「好，那就事不宜遲，一口氣冷卻吧。冷得冰冰涼涼的！」

「不行，這麼心急肯定會出錯。貿然行動會導致死翹翹後永遠後悔，所以要仔細具體地確認。」

羅莎莉的意見很正確，而且幽靈說出來特別有說服力。

「我芙拉托緹覺得很麻煩，現在就想吐出寒氣。」
或許我和羅莎莉一起跟來是對的……
「就算說要冷卻，好歹也該確定範圍吧。再等一下。」
正好沙沙・沙沙王國的大臣也來了。
「好久不見，各位。一切都沒變嗎？由於我們是惡靈，所以想變也變不了。」
向我們說出奇怪問候語的，是女僕長兼任大臣的娜娜・娜娜小姐。她的穿著還是露出肚臍，打扮看起來很寒冷。不過惡靈不會感到寒冷，多半沒問題。
「妳好。話說暖化的影響大概是怎樣？」
「嗯，非常嚴重。請看看那邊針對平民，三房附衛浴的集合墳墓。」
「庶民的墳墓怎麼好像公寓或集合住宅……」
走了一段路後，的確有一排不同於三角形的石造遺跡。
的確是巨大集合住宅的樸素立方體建築。
「大姊，話說以前沒有來到這裡呢。」
「連羅莎莉都不知道啊。」
另外芙拉托緹像是靜不下來般，一直蹦蹦跳跳，或是做出揮拳的動作。一點也不文靜。
「因為這附近如妳所見，只是單純的住宅區。沒有人會特地帶客人來這種地方吧。」

「也對，又不是觀光地區。而是平民惡靈聚居的地方。」

或許對沙沙．沙沙王國而言是理所當然。但如果平民連死後都不能過著平民的生活，多半很嚴重吧……

「而那一帶就是受害最嚴重的地區。」

娜娜．娜娜指向的方位，有一大堆綠色藤蔓覆蓋全體的遺跡。

「哇，比想像中還要嚴重！」

已經只看得見綠色的部分，甚至不知道本體是不是石頭。

「一開始沒有住在此地的惡靈稱讚外觀很帥，或是畫成插圖很好看。可是被藤蔓覆蓋的建築物愈來愈多，無法再視而不見了。」

「照這樣下去，雜草鑽入石頭內部也只是時間的問題。」

「是的。平民住的集合墳墓相比權貴住的高級住宅，石頭和石頭之間的縫隙更多，一旦崩塌就會迅速蔓延。」

連死後的階級差距都固定了，有點像反烏托邦呢。

「植物的繁殖力真是可怕……」

「對吧？羅莎莉也這麼認為吧？比普通惡靈的害處還大呢。這樣下去，總有一天會鑽進石頭縫隙，導致遺跡崩塌。得趁現在驅除才行。」

現在知道情況對沙沙・沙沙王國而言相當嚴重。
這片地區原本就很溫暖，一旦溫暖地區的植物入侵，似乎就會造成威脅。
「好，我芙拉托緹現在就吐出寒氣——」
「等等，等一下！還需要準備！」
沒定期阻止芙拉托緹，真的會惹出麻煩。
「娜娜・娜娜小姐，芙拉托緹的吐息類似暴風雪，所以最好不要直接噴在建築物上。防禦用的魔法沒問題吧？」
小穆說過可以用魔法防禦，不過影響很大，所以得再度確認。
「可以。整座遺跡已經包覆在反彈物理攻擊的膜中，從空中噴出吐息的話，應該只會降低溫度。」
「知道啦！」
芙拉托緹立刻化為龍型態。還好場地相當寬廣，沒有什麼關係，不過在面前巨大化還是嚇了我一跳。
「主人，我先到上空待命，一旦ＯＫ再告訴我吧。」
交代完後，她已經飛到空中。她到底有多想吐出寒氣啊……
「……那麼娜娜・娜娜小姐，魔法物理結界就拜託妳了。」
「嗯，我立刻召集技術人員。」

於是大量石板飄浮在空中，同時惡靈紛紛聚集而來。看起來像是遙控操縱石板，但應該是透過惡靈，或是魔法的力量讓石板飄浮。

不過我卻覺得這些人很眼熟。

所有人的腦袋都光禿禿的。

是生髮魔法那時候的技術員！

「好久不見了，亞梓莎小姐。我是單．單，擔任這次防禦魔法的技術責任人員。雪不會累積在遺跡的上頭，會維持光亮亮與滑溜溜。」

光亮亮是指你的腦袋吧！

雖然很想這樣吐槽，但可能很沒禮貌，我不敢開口。

「我們會在整座遺跡設下防禦物理攻擊的膜，滑溜溜的膜會抵擋任何物理攻擊。」

「你只是想說滑溜溜吧！其實你自己也喜歡這個詞吧！」

他馬上就說了第二次滑溜溜，我實在忍不住了。

「那麼單．單，趕快開始吧。讓植物通通枯死，沒辦法變成幽靈跑出來作怪！」

「遵命。希望能創造出任何植物都無法生長的死亡世界。」

因為大家都已經死了，說話一個比一個可怕……

「最好別殺死原生植物吧……總覺得這樣很破壞自然……」

「只在溫暖氣候繁殖的植物應該會先消失，所以沒關係吧。原生植物要留下來喔。」

理論上是這樣。反正原生植物隨處都有，就算枯萎一點，生態系也會很快復活。

之後的進度相當俐落。

五分鐘後，類似物理結界的魔法像發光的球形屋頂，出現在空中。

「滑溜溜圓頂成功設置了！只要待在內側，不論長槍或是太陽掉下來都不怕！」

太陽掉下來的話，世界可就毀滅了，所以拜託別掉啊。

「好，那我就向芙拉托緹打信號囉。」

然後我朝正上方起飛，直到芙拉托緹可以看見的範圍。

發光圓頂呈現半透明，芙拉托緹應該也能辨認吧。

「ＯＫ囉！」

我揮舞雙手。

可以看出龍型態的芙拉托緹在凝視我的方向。

「要上囉！五、四、一！」

「倒數計時不要省略！」

不過她應該聽不見我說什麼。

因為芙拉托緹已經朝圓頂吐出最大規模的寒氣。

©Benio

呼噢————！

彷彿光聽就會結冰，宛如塊狀寒氣的風籠罩了圓頂外側。

實際上，在我回到地表的時候，溫度已經明顯降低。

「唔！好冷……欸，娜娜．娜娜小姐，有沒有毛毯啊……？」

「沒有為活人準備的東西呢。鑽進土壤中會稍微暖和一點。」

「我才不要這種像埋葬的取暖方式。」

沒辦法，只能忍耐了。

我縮緊身體，盡可能防止體溫散逸。

「噢噢！芙拉托緹小姐好厲害！威力真是驚人耶！」

羅莎莉好像很喜歡華麗的事物，情緒也跟著亢奮。

從地表仰頭望向正上方，只見冰塊發出尖銳的啪哩啪哩、啪哩啪哩聲撞上圓頂。

應該是從芙拉托緹口中吐出的吧。

還真是壯觀呢。如果普通的活人見到，可能會嚇得驚慌失措。況且魔法失效的話，事情可就嚴重了。

「吐出這麼多寒氣，芙拉托緹應該也能滿足了。哎呀，龍族的規模真驚人呢……」

我沒有從嘴裡吐出過寒氣，但是規模大到我可以肯定有助於舒壓。芙拉托緹應該也很久沒有像這樣全力吐息了吧。

「如果芙拉托緹小姐和萊卡大姊全力對戰，究竟誰會贏呢？」

羅莎莉問我。她露出真的感興趣的表情。

「這個～毫無疑問會大肆破壞周圍，所以我希望她們別打起來。」

「不用考慮受害沒關係。」

的確，在假設中套用現實有點不公平。

「我真的不知道，不過萊卡應該也會陷入苦戰，記得她很怕冷。」

說不定芙拉托緹在之前交手的局面中，都對萊卡與紅龍族放了一點水吧？因為這股寒氣實在太驚人了，讓人忍不住這麼想。

……不對，芙拉托緹怎麼懂得手下留情呢。

而且要是對手擬訂計畫，她會出乎意料地輸得很乾脆……

「不過……還真冷耶……」

我又瑟縮得更緊。

冷到就算感冒也不足為奇。

「怎麼啦，自己這麼怕冷嗎？明明這麼強，真是沒用耶。」

「活著真是辛苦呢，為妳感到同情。最好早一點死翹翹。」

惡靈居然同情我。

畢竟在圓頂內只有我一個活人。少數派沒人權……

寒氣依然沒有中止，不斷呼嘯。

可以感受到圓頂內的溫度持續降低。

「現在零下幾度了啊？冷到我好希望有件外套。」

「辛苦了，大姊。活著就是有許多不方便呢。」

幽靈們居然接二連三安慰我！

「您以人類而言特別厲害，所以不用擔心。但如果帶普通人來，這種溫度應該會威脅到健康。」

在我們附近的池塘已經結了一層很厚的冰。

我忽然有不好的預感。

「欸，這層圓頂的外側如果有人，不是會冷死嗎……？」

我一看圓頂的側面，發現已經堆滿冰雪變成了白色。

接著傳來巨大的『沙沙沙……』聲響。雪似乎滑落圓頂的斜面，落在外側。

使得靠近圓頂外側的部分累積了特別大量的雪，應該有幾公尺厚吧。

「好像小規模雪崩呢。圓頂外頭簡直就像地獄，真的沒有人嗎……」

「亞梓莎小姐，不會有人來到這片夢幻地區的。您這是杞人憂天。」

「對啊，娜娜·娜娜說得沒錯。根本沒有人類能抵達這裡。就算有人目睹到，也會嚇得掉頭就跑吧。」

「那就好……唔……哈啾，哈啾！」

由於我沒有體會過，只能憑感覺推測，現場應該達到零下二十度了。或許還不夠，低於零下三十度吧？

在寒冷中，小穆歡欣鼓舞。

「哦，有效了喔！」

集合住宅型遺跡上的藤蔓，葉子明顯變得枯黃。

終於開始枯萎了！

「還差一步，芙拉托緹！就這樣讓它嘗嘗厲害！再加把勁！」

小穆興奮地高舉手臂。唯有這一刻，我真羨慕沒有寒冷概念的她們。

各種植物都在枯萎凋零。我也感覺到。

視野中的綠意正不斷減少。

「好呀！再來！消滅所有藤蔓！」

「呃，這樣很難看，拜託克制一下……？還有，不用一直高舉著手吧……」

與其說國王，更像暴徒喔。

「是因為身體動作實在很不靈活。手臂放不下來了。」

「缺乏運動有這麼嚴重嗎！」

好像可動關節僵硬的人偶喔。

「不，以前從來沒發生過手臂不靈活的現象……不過這樣也可以清楚看見她的表現，所以沒差。」

不知不覺中，剛才在集合住宅的惡靈們也來到外頭，注視芙拉托緹與藤蔓的情況。讓藤蔓枯萎的芙拉托緹在這裡可是英雄。

既能紓解壓力，又能幫助他人，對她而言是最棒的結果。

「這麼一來藤蔓就會死光吧。可喜可賀，可喜可賀。」

娜娜・娜娜小姐無聲地輕輕鼓掌。啊，她原本就是惡靈，本來就不會發出聲音。

緊緊糾纏集合住宅遺跡的藤蔓，宛如冰雕崩塌般紛紛斷裂掉落。

溫度似乎終於低到植物完全結冰了。

露出了遺跡的石牆，作戰成功。

「嗯，雖然我冷得要死……幸好沒發生問題，留下了好結果。」

不過我這句話實在是烏鴉嘴。

因為隨後就發生了問題。

「怎麼回事，身體真的很不靈活耶……人家想放下手臂了。哼！」

小穆鼓足力氣，對手臂施力之後——

啪嘰！

小穆的右手掉了下來。

叩隆叩隆……

手臂發出硬邦邦的聲音。

這代表手臂和地面都凍得硬邦邦。

「哇，怎麼回事！手臂怎麼會掉下來！」

理所當然，小穆驚訝地大喊。

從她的聲音聽起來，似乎還從容不迫……

但是接下來發生得很迅速。

小穆的身體部位劈劈啪啪地分家。

就像剛才從集合住宅掉落的藤蔓一樣。

「嗚哇啊啊啊！好可怕！變成恐怖片了啦！」

我略為遮住眼睛。

「怎麼會這樣！為什麼氣溫一降低，人家的身體就壞了！」

「啊～原來是這樣。」

娜娜．娜娜小姐發出悠哉的聲音。

「亞梓莎小姐，陛下沒有大礙，敬請放心。」
不好意思，在我看來礙可大了。
「陛下不是和我們其他惡靈不一樣，具有身體嗎？」
「沒錯。記得因為她是國王，所以有特別待遇。」
「身體內含有一定程度的水分。如果完全沒有水分的話，根本無法活動身體，肌膚也會非常乾燥。」
「到這裡我都明白。」
「由於氣溫太寒冷，導致水分結冰，身體毀損。溫度似乎已經遠遠低於普通生物能生存的底線了。如果您不是偉大的魔女，可能早就沒命了。還好您是偉大的魔女。」
「一不小心就會死翹翹，妳的語氣也太平淡了。」
還好沒帶女兒們一起來。
「情況我明白了，但是不理小穆沒關係嗎!?」
大臣沒有驚慌失措是很不得了，不過這種情況下，只是單純的不講情面吧。
「不論物理層面上多麼寒冷，都沒有傷到半分靈魂，所以是小問題。之後再慢慢組裝起來吧。」
「對啊，壞了就壞了，沒辦法。之後再幫人家想辦法。」

小穆似乎也已經冷靜下來。打個比方，她的神經真大條。
不過我瞧了小穆一眼，便迅速轉過頭去。
「悽慘到沒打馬賽克我根本不敢看！」
變成獵奇圖片了耶！
而且還是全新種類的獵奇圖片。好像烘乾人類的身體後徹底粉碎一樣，看起來好噁心。連臉都不成臉型了……
老實說，對我造成了精神傷害。
「嗚哇，全都爛掉了耶，好噁心喔。」
「對啊。真的變成前胸貼後背了呢～」
聽到羅莎莉與小穆的交談，只有我受到打擊，感覺好虧喔。
「話說現在的小穆是怎麼說話的？」
「是透過靈魂說話的形式，所以不受影響。不是由身體發出聲音。否則古代語言和妳們自己的語言怎麼可能相通呢。」
原來如此，意思是身體真的只是容器而已嗎？
「啊，習慣之後也逐漸摸清楚活動方式了呢。」
粉碎化為無數部位的小穆站了起來。
嚴格來說是飄起來才對。

因為她並未使用腳或手的肌肉。

每個部位勉強還在正確的位置，但有一部分偏移了。尤其臉部變得好像笑福臉（註7）。鼻子跑到脖子，耳朵則跑到後腦杓。

這種衝擊景象如果看在不知情的人眼裡，應該會記住一輩子……

「還真是新穎耶。人家去散步一下。」

「膽子也太大了吧！」

不要若無其事地銜接日常與非日常啦。

「沒關係啦，大姊。既然小穆還活蹦亂跳，可以不用擔心。」

「是嗎？感覺好像任何恢復魔法都無法復活……」

活人的價值觀完全不適用。

之後小穆真的走到其他地方去了。

不，走路這個用法也不對吧？畢竟腳的肌肉已經毫無意義了。

套用以人類為基準的詞彙會產生矛盾，真傷腦筋。

幾乎在小穆離開的同時，寒氣也隨之停止。

---

註7　日本的新年傳統遊戲，閉著眼睛在臉的圖片上隨意拼湊五官。

光聽就能得知降低氣溫的冷風停了。

「喂～這樣可以了嗎～？我芙拉托緹很滿足了喔！好久沒有盡情肆虐了呢！」

圓頂上頭傳來芙拉托緹的聲音。

「嗯，非常成功。外來植物都死光光了。請看，平民專用的遺跡已經完全改頭換面了。」

原本被綠意覆蓋的長方體遺跡，已經變成樸素的混凝土般顏色。

「那麼魔法也可以停止施放了。單．單先生，麻煩你。」

「知道了。還好各位都毫髮無傷。因為沒有頭髮嘛。」

拜託別再開無聊的冷笑話了。你根本就是為了搞笑才理光頭吧。

發光圓頂隨著古代魔法裝置的停止而消失。

溫暖的空氣逐漸流入。

「是嗎……小穆的慘狀害我嚇到忘記，剛才冷得很離譜呢。」

最後究竟低到零下幾十度呢？總之溫度低到以普通的穿著聊天會有生命危險。若是普通人，聊天途中寒氣進入體內就會有危險。

「既然芙拉托緹也紓解了壓力，沙沙．沙沙也得救了，應該算是雙贏結局吧。」

就在我這句話剛說完——

「嗚哇啊啊啊啊啊啊！」

尖叫聲從遺跡的後方——也就是遺跡與森林的交界處傳來。

「怎麼回事？這次又發生了什麼？」

從來沒聽過這種叫聲，聽起來好像是男性。

「沒什麼大不了的，可以不用放在心上。」

娜娜・娜娜小姐說得輕描淡寫。

「娜娜・娜娜小姐，再怎麼樣都無法對剛才的叫聲充耳不聞吧？」

「那不是我們惡靈的聲音。就算有一兩個人類跑進來，也可以蒙混過關。敬請放心。」

老實說實在很難相信——

「既然大臣這麼說，那我就相信吧。」

之後，剛才粉身碎骨的小穆跑了回來。

「原本想靠自力復原，結果失敗啦～」

模樣比剛才跑出去時還糟，現在頭部已經埋在胸腔中。

「這不只是復原失敗！完全變成魔物了啦！」

「沒有啦，人類少了鏡子就看不到自己的臉變成怎樣啊。背上感到癢也抓不到吧。就像這樣，復原也不完整呢～」

「拜託別用這種模樣隨口和別人對話。」

或許看起來只有我從頭到尾感到混亂，但只是因為我以外的人都不對勁，這一點可別弄錯。

「還有，好像偶然遇見了類似探險家的人類。」

「這肯定是剛才尖叫聲的原因！」

「對方立刻就暈了，所以人家用魔法將他移動到森林外頭。另外也用魔法讓人看不見這座遺跡，他應該不會再回來了吧。」

「噢，因為使用防禦用圓頂魔法，導致人類暫時看得見遺跡呢。」

娜娜．娜娜小姐的解釋應該是正確的。

「雖然人類看不見這座遺跡，但平時施放的幻影魔法多半也停止了，才會運氣好跑過來。」

「陛下，應該是運氣不好吧。不知道這種地方才是幸福。」

「說得也對～哈哈哈哈！」

即使知道原因，但這兩位惡靈在惡靈之中，多半也相當特殊吧……

其他惡靈多半會生氣，不希望自己和她們相提並論。

不過工作依然順利結束，可喜可賀，可喜可賀。

對了，回去之前還有件事要做。

「對了，有沒有類似伴手禮的東西？女兒們拜託我帶一點回去。」

其實我本來就不期待。

「這個啊……」

小穆略為沉思了一會，不久後望向腳下。

「土壤的話想帶多少回去都可以。生物都絕種了，就算還留有植物種子，高原之家的氣候很寒冷，應該也沒辦法種。」

竟然真的要帶土壤回去啊……

「那、那麼，就帶土壤給桑朵菈吧……法露法與夏露夏就沒有伴手禮了。」

回去的時候順道經過哪座城鎮吧。

「亞梓莎小姐，方便的話請帶那些回去。」

娜娜・娜娜小姐面無表情指了指遺跡外側。

該處形成一道雪牆。

由於雪與冰塊掉落在圓頂外側，正好讓遺跡變得好像圍繞在雪牆內的城堡都市。

「帶雪回去的話，應該可以玩個雪吧。」

「娜娜・娜娜小姐……」

「如何，難道您要吐槽和土壤差不多嗎？」
「妳這個點子真妙。我就接受妳的提議吧。」
帶雪回去似乎滿有趣的。高原之家雖然氣溫不高，但不會像雪國一樣積雪。法露法與夏露夏應該也會很滿意。
「受到他人稱讚就渾身發癢，感覺好怪……」
可能因為我當面稱讚她，娜娜．娜娜小姐一臉難為情。原來她也有這樣的表情啊。
「十二指腸附近癢癢的。」
「不要具體說出器官名稱。」
「終究只是感覺而已。因為所有器官的功能早就停止了。」
其實我明白，但以活人的感覺而言太詭異了。
於是我在龍型態的芙拉托緹身上綁了個巨大的箱子，將雪裝在裡面（也包括桑朵菈用的土壤）。
即使搬運冰冷的雪，芙拉托緹也不會冷到難受，剛剛好。
偶爾幫幽靈的忙也不錯。

# 芙拉托緹變得認真了

She continued destroy slime for 300 years

桑朵菈混合我從沙沙・沙沙王國帶回來的土壤。法露法與夏露夏則迅速利用雪堆成了雪矮人。

「矮人沒有這麼圓吧？」

不如說更接近雪人。

「媽媽，雪矮人本來就是這種球型喔。」

「這是下雪地區自古以來傳承的民俗。據說也代表避免邪神入侵的守護神之意。」

「原來是這樣。對我而言，只要妳們玩得開心就好。」

另外萊卡則利用雪與冰製作水晶般的天鵝。

「呼，暫時就這樣告一段落吧。」

「好像雪國慶典喔！」

這也太熱衷了吧！原來萊卡還有藝術細胞啊……

另外羅莎莉與哈爾卡拉在打「雪仗」。至少羅莎莉堅稱這是雪仗。

「羅莎莉小姐，這樣太不公平了！我根本沒機會贏吧？因為羅莎莉小姐根本沒有命中判定！啊，同時做五顆雪球丟過來太賊了！就算有命中判定，無論如何還是作弊耶！」

「哈爾卡拉大姊，打雪仗一直是我的夢想！拜託妳！」

「拜託，就算妳懇求我，還是很不——噗哇哇哇！」

哈爾卡拉遭受雪球的集中攻擊。

不好意思，稍微忍耐一下吧，哈爾卡拉……

「羅莎莉小姐，要打雪仗的話，拜託和不怕冷的芙拉托緹小姐打啦……」

可以體會哈爾卡拉的意思。這樣應該能和羅莎莉不相上下。

「可是芙拉托緹小姐正在打掃喔。」

羅莎莉歪著頭表示。

「真的，好像被附身一樣，氣氛都改變了呢……感覺好詭異……」

從羅莎莉的反應看來，她似乎也完全認定芙拉托緹「異常」。另外羅莎莉都說「好像被附身一樣」，可以知道原因不是靈異現象。

沒錯，芙拉托緹怪怪的。

我原本以為對芙拉托緹而言，在死者王國的工作讓她心滿意足。可是自從回到高原之家後，發生了一些問題。

整體而言變得很有禮貌。

◇

比方說，輪到芙拉托緹負責打掃的日子——

「特別認真呢……」

她打掃的徹底程度，連萊卡都不見得會這麼仔細。

畢竟連櫃子和餐桌都搬開來擦。

搬家前的大掃除再擦不就好了嗎？

「一、二、一、二、一、二，飯廳這樣就算擦乾淨了。主人，房間也要打掃嗎？」

芙拉托緹一臉笑咪咪地問我。明明沒有穿西裝，感覺卻像女扮男裝的管家。連身上的衣服都比平時更加筆挺，或是有清潔感。

「不，不用了……我自己會打掃……」

平時不當成垃圾的東西，現在的芙拉托緹可能會通通當成垃圾丟掉。乾燥植物有被清掉的危險。

「主人可以不用介意。因為芙拉托緹侍奉的始終是主人。」

果然很有管家的感覺！

「噢，好啦……想到什麼事情我會說的……」

輪到她下廚的日子也是，用鍋子足足熬煮了五個小時的燉菜。

「我說啊……做點更簡單的菜不就好了嗎……？還沒吃完午餐，妳就開始準備晚餐了吧……？」

「不不不，如果每天煮的話很辛苦，但只有輪到自己時才煮就不會。」

她露出爽朗的微笑回答我。

「還有身為藍龍，一直靠近火源不會很累嗎？」

「一下子倒是沒關係。倒是主人請好好休息吧。」

微笑！

她的爽朗笑容讓人彷彿聽見微笑的效果聲。

另一方面，我則是見到陌生人般，露出抽筋的苦笑。

人類見到無法理解的事物，除了笑以外無計可施。

真要說的話，就算她變得更好，也很難單純地感到高興呢……

「真是奇怪……芙拉托緹竟然變得有禮貌了……所有動作都十分俐落……」

看芙拉托緹下廚實在坐立難安，所以我來到外頭。正好萊卡在收衣服。

自從她吐出寒氣以來，個性明顯產生了變化。

似乎連萊卡都不知道如何應對芙拉托緹的不變。

「唔……不是平常的芙拉托緹呢，完全找不到怠惰與隨便的元素。」

「連萊卡都認為她的情況很奇怪啊。」

「是的。一言以蔽之，很可怕。」

即使覺得這種形容很過分，但我也覺得滿恐怖的。

「比方說開門關門這種小事，都變得非常有禮貌，而且靜悄悄。一開始吾人不知道還有誰在，始終難以冷靜。」

「對啊，房門開關的聲音，就像確認某個家人一樣的號誌呢……」

我與萊卡聊天的時候，芙拉托緹本人來到外頭。連在外頭的走路方式都穩重又文靜，彷彿連塵埃都不會飛舞。

「啊，萊卡。今天要負責接送哈爾卡拉去工廠嗎？」

「請不要特別關心吾人！妳真的是芙拉托緹嗎？感覺好像別人呢！不會受到惡靈附身了吧？」

萊卡會說出惡靈附身論很正常。不過根據羅莎莉的說法，完全不是被附身吧……

「哈哈哈，我芙拉托緹才沒有弱到被惡靈附身呢。我和平時一樣沒變。今天要煮出讓妳驚訝的美味燉菜，做好心理準備吧。」

「哪有，粗枝大葉的部分消失無蹤了喔……以前才不會製作這麼麻煩的料理，都是烤個肉就搞定——以這種單純的菜色為中心！」

光是烤肉灑點鹽，其實味道就已經不錯。芙拉托緹並不是廚藝差，不過她的料理都很省事。

「嗯，因為在惡靈那邊肆虐了一番，或許因此感覺內心好舒坦。」

意思是徹底紓解了壓力嗎？

我和萊卡說悄悄話。

「欸，芙拉托緹該不會大鬧一番，釋放壓力後就會變得特別『乖』吧？」

萊卡用力點點頭。

「很有可能……以前在粗枝大葉又血氣方剛的藍龍村里居住，還能過得這麼安穩，代表這可能才是真正的她……」

「不過妳希望芙拉托緹保持這樣嗎？」

我提出最終極的問題。

萊卡則迅速搖了搖頭。

「吾人會覺得非常困擾。絕對不要。」

「也對，反差實在太大了。」

「可是她並未受到洗腦，吾人也不能否定她變得認真又穩重。一切都只能讓她自行處理。」

「說得對。」

我也不敢斷定她完全沒機會檢討生活方式。

因為以前活得很隨便，就禁止她認真生活，這樣也太過分了。

「不過……以前的芙拉托緹比較讓人放心……」

萊卡露出不捨的表情，望向回到廚房去的芙拉托緹。

當天的燉菜，肉柔軟到入口即化，受到大家的稱讚。

◇

——芙拉托緹就這樣變得很有禮貌。

「欸，羅莎莉，人類如果達成遠大的目標之類，個性會產生變化嗎？」

我詢問身旁的羅莎莉，由於我從未設定過遠大的目標，所以不太清楚。

「我也是惡靈，所以不明白人類的想法。」

糟糕，問錯對象了。

「不過沒什麼大不了啦，我可以保證。」

羅莎莉笑著接受委託。

「根據是我的第八感。」

「是人類無法理解的根據！」

不過羅莎莉說得沒錯。

芙拉托緹的變化短短一週就結束了。

「啊～忘記洗澡了。反正也沒流汗，明天再洗吧。」

「芙拉托緹，妳昨天不是也說過相同的話？去洗個澡吧。」

「可是主人，還沒有人說我臭啊。」

「等到有人說就來不及了。」

「知道了。那麼既然要洗澡，我想先流汗再洗。先做個一千次伏地挺身吧。」

「不用這麼拚吧！」

但是見到芙拉托緹的反應，我反而放心了。

啊，鬥爭心又開始累積，恢復原本的個性了呢。

「啊～好想冷凍哪一座巨大的湖喔。」

一邊說著，芙拉托緹做了一千次伏地挺身。

就這樣，芙拉托緹又變回了平時的她。

晚餐時她連湯都想用手抓著喝，於是我訓斥她用湯匙喝，或者是用麵包蘸著吃。

「不用湯匙可以少清洗一點餐具。」

又是這種活像獨居大學男生的論調……

然後芙拉托緹朝盛湯的盤子吹出微弱的寒氣。

還有一點冷風跑到我這裡來。

「好，要喝啦！」

芙拉托緹以嘴湊近盤子，大口大口喝湯。

接著她端起大盤子，上頭盛裝自己要吃的肉類料理，同樣大口吃肉。好像垃圾處理場……

「嗯，這種吃法才過癮！」

「這樣也太難看了。會對法露法妹妹和夏露夏妹妹帶來不良影響。」

萊卡提醒了她。訓斥她不守規矩是老樣子了，可能比以前更不守規矩。

「法露法和夏露夏不會那樣吃東西。」

「用餐要以禮為始，以禮告終。」

女兒們也提出抗議，表示不會模仿。

「萊卡，料理最重要的，就是以自己覺得最美味的方式享用。像妳這樣過度注重禮儀，拘泥小節，搞不懂什麼才是真正的目的。難道禮儀會讓料理變得更美味嗎？」

「又沒有提到禮儀這個層次的問題。只是在說既然準備了湯匙就該用而已。」

「而且光是盛裝在盤子裡就已經很文明了。若是我們藍龍，甚至會直接端起湯鍋來喝呢。」

「太過分了……吾人開始頭痛了……」

龍族之間的價值觀差異，讓萊卡忍不住按著頭。

「要不要用寒氣冷卻一下妳的腦袋？」

「不用了。要是一冷卻，吾人反而會不舒服。」

雖然萊卡果斷拒絕，但似乎鬆了一口氣。

像這樣龍族彼此鬥嘴，比較符合我們家的用餐光景。

這時候門傳來『咚咚、咚咚』的敲門聲。

在我開門之前便開啟。

別西卜站在門口。

**「妳們幾個之前有去過沙沙．沙沙王國嗎？」**

她似乎一臉錯愕的表情。難道惹出了什麼麻煩嗎？

「有是有，怎麼了？難道對植物生態系造成重大影響會有問題？」

回想起來，不只是植物，遺跡範圍內的動物與昆蟲可能都死光了……不過僅在遺跡周圍，應該是局部問題。

「人類世界緊急出版了這種書哪。還好目前被當成虛構故事或小說之類，沒有人相信。」

別西卜將一本書放在桌子上。

的確很有緊急出版的感覺，封面也軟趴趴的，給人裝訂隨便的印象。

書名是《舊時代統治者的廢墟》。

「啊，難道沙沙．沙沙王國曝光了嗎？」

「八九不離十，從這邊開始看吧。」

我試著從別西卜指的字行開始看。

——隨著我的前進，發生了既不像自然現象，也不像魔法的變化。

深邃森林的氣溫急速冷卻，四周轉眼間便籠罩在冰凍刺骨的寒風中。

這片區域在王國中也屬於南部的溫暖場所，就算必須小心可怕的疫病，冬天也不可能冷到發抖。可是這股不只身體中心、彷彿連靈魂都足以冷凍的寒氣，絲毫沒有停歇，愈往森林深處前進還愈強烈。

我的心情就像受到某種難以名狀的巨大事物般阻止我前進。就算一名魔法師施放冰雪魔法，效果總會消失吧？不可能持續長達十分鐘、二十分鐘。

那麼，難道是妖精的傑作嗎？可是冰雪妖精的棲息地應該是嚴峻的雪山，而不是這種連一整年最寒冷的日子裡，連一片雪都不會下的區域吧。

我利用為了走夜路而準備的火把光亮，轉移在寒冷中逐漸朦朧的意識，同時繼續前進。神奇的是，好奇心超越了繼續往前走、有可能會無法回頭的恐懼。

在我撥開高聳又宛如樹木般堅硬的雜草前進後，再度目睹難以置信的光景。

森林前方出現一座高聳的冰山牆！

慘了！

完全是我們進行作業的那一天！

繼續看下去吧。應該沒穿幫吧……？

——我嚇得放聲尖叫。這個世界的氣象法則正受到某人破壞。雖然不知道誰在嘗試這麼做，但是已經冰雪堆積如山。

這座冰山幾乎呈現垂直，看起來根本無法攀登，我決定在冰山外頭繞行。

冰山彷彿無限延伸，不過有一部分發生了雪崩而崩塌，得以看見冰山的後方。

該處既沒有冰也沒有雪，而是只能稱之為白色發光的牆壁！是古代魔法！

我繼續閱讀書的內容。

——那道發光牆壁毫無疑問是人造物。我湊近驅蟲兼取暖的火把，但是毫無反應。然後我試著敲敲看，不僅沒聲音，手上甚至沒有痛覺。彷彿另一端是不存在任何事物的虛無，一點反應都沒有。

在我心中響起嘀咕，叫我現在立刻回去。我正在面對堪稱未知文明的事物。如果知道這後面是什麼，我可能會無法維持清醒。

可是，好奇心卻不肯接受這種正常的判斷。

這是遠遠在我們人類誕生之前，曾經存在的人類文明之物。這股確信，以及想了解未知文明的欲望讓我在此地逗留。不，正確來說，我已經沒有掉頭離去的體力了。

在冰山的周圍，連血液都足以冷凍的寒氣從上空呼嘯，彷彿要滅絕所有生命般。

每往前走一步，就感到彷彿走了一千步的疲勞，我好幾次想停下腳步。但是連小孩都知道，一旦停下腳步就會沒命。我只能走在冰山與另一端的發光膜旁邊。

就在這時候，我察覺這股寒氣其實是由某種東西帶來的。推測上空應該有東西。

我戰戰兢兢地抬頭瞧。

遙遠上空飄浮著某種事物，張開兩片翅膀般的物體，宛如高雅又可怕的巨大龍族。

呃，那不是好像龍族的事物，就是龍族！

不要寫得好像未知的怪物一樣！

——該生物張開不知道是否該稱為嘴的虛空，從中毫不停歇地持續吐出寒氣。絲毫沒有我認知中的生物該有的模樣。

牠吹出冰雪的時間實在太長，我甚至產生錯覺。以為那只是從虛空以一定強度，持續吐出冰雪的裝置而已。但牠的身上卻有像是生物的無數鱗片。

牠並非飛翔在空中，彷彿被人放置在該處。讓我認為那是比龍族更加原始，而且更接近神明般的事物。

拜託，那是龍啦！是藍龍，不是什麼不該看的東西！

──某種直覺忽然流竄我的全身。

這個世界上存在不知何時出現的冰山，該不會也是這種難以名狀的生物造成的吧。

該不會像這片地區，原本是綠意盎然的森林，卻在此生物影響下化為一片銀白的世界吧。

難道這隻披著鱗片，有兩片翅膀的生物在人類難以估量的惡意下，正讓這個世界陷入死亡嗎？

我一見到牠，便立刻失去力氣，連站都站不穩。可能由於臉部承受了太多寒氣，我分不清楚是不是見到理應不存於世界上的事物。

完全將芙拉托緹當成不可以看的超古代生物了……
雖然作者說差點冷死，但既然這本書已經出版，代表作者順利活著回來了吧。繼續看吧。

——可是就在這時候，從上空傳來如下不可思議的聲音。
「欸，仈樣口已了嗎？偶浮拉偷提，吼滿則了喔，吼九某有，極奇似裂了呢。」
發音與我所知的古代語言都不一樣，但是可以肯定並非野獸的叫聲。
隨後寒氣突然停歇。光膜般的東西沒過多久也消失無蹤。
拜託拜託！那段神祕語言的部分，是芙拉托緹在說「喂～這樣可以了嗎～？我芙拉托緹很滿足了喔！好久沒有盡情肆虐了呢！」啦！

——較薄的冰山進一步崩塌。
可以肯定是因為那道光膜消失的關係。
視野彼端，看見了崩塌的冰山後方別有洞天。
我再度懷疑自己的眼睛。該處有許多奇妙至極的建築物，與任何世界、任何時代的款式都不一樣。

近處排列著大批高聳入雲般的箱型建築物。應該是以石頭建造的，但是每一面牆壁都十分光滑，不知道是以何種技術切削石頭而成。

作者在形容惡靈的集合住宅吧。

老實說，集合住宅也受到了不少損傷喔。不知道作者有點太激動，還是記憶模糊不清呢……

不過作者說與任何世界、任何時代的款式都不同，或許可以說是對的。

——另外還開了幾處像是入口的洞，但是在低處與高處都有，大小看似無法讓人類進入。

我忽然產生詭異的妄想。

以普通的雙腳步行生物住處而言，這種建築物實在太不合適了。建造這種遺跡的該不會是棒狀生物，像海裡游泳的魚一樣在空中移動，能鑽入細小洞穴中吧？

茫然的我掉落火把的棒子。不知不覺中，火把的火光已經熄滅。

我就像失去理性的喪屍般，步履蹣跚地走在不適合人類居住的箱型建築物之間。

畢竟是惡靈的家，入口的確沒必要設計成人類專用……

看在不知情的人眼裡，原來會想像成古代神祕外型生物創造的文明啊。不過的確是古代遺跡，果然還是會受到衝擊嗎……

我翻到下一頁。

——更後方可以見到形狀並非箱型的建築物林立。

該建築物的每一面都呈現三角形。組成的價值觀與概念果然與我所知的任何建築物都不一樣。

氣候寒冷到一點也不像溫暖地區的森林，冷到皮膚露出的地方凍僵，立刻就失去知覺。實在不像人類能居住的環境，事實上這裡絲毫沒有人類的氣息。好像早已滅絕的死者王國一樣。

關於這部分幾乎正確耶！

那裡的確是死者的王國，就算冷到不適合活人居住也沒關係。

——雖然我的腦海中浮現向神求救的言語，但顯然完全派不上用場。

我步履蹣跚，同時在某種力量的催促下往前進。

結果我聽到類似聲音的聲響。

「呼嚕次庫，呼嚕次庫，卜次帖吼拉嚕亞尼。」

這與我所知的任何語言都不一樣，也不是剛才上空的鱗片生物語言。而且發聲器官似乎不是咽喉，而是完全不同的部位。一聽到這聲音，我立刻全身寒毛倒豎，心臟彷彿要分家的感覺朝我撲來。

感覺好像觸手鑽進肛門，晃動腦袋，以牙齒發出不協調的聲音一般。

「這應該不是我們的聲音，以消去法來看，應該是對小穆聲音的感想。原來小穆的聲音聽起來是這樣啊！」

可能因為小穆的身體損壞，聲音無法翻譯成現代語。作者才會暫時聽到小穆直接發出來的聲音。完全變成精神攻擊了……

——雖然本能叫我快逃，但是身體肌肉已經放棄了掙扎。

我能感受到，一股巨大而難以名狀，甚至無法稱之為生命的某種事物正在接近我。

不是生命，正確答案是死者。

——然後，它突然在我面前出現。

天啊，怎麼會這樣！那是分裂成無數部位，模糊地組成人體外型的某種事物。

它的動作與存在方式絕對不可能是生命，同時它朝我接近。魔族或魔物之類的概念沒辦法解釋。畢竟它甚至不算活著。每一個部位既有類似人體的部分，也有布料的部分，中間則是空蕩蕩的。

這該不會就是古代文明中受到崇拜的神明吧。我該不會遇見了神明吧。這是我最後的思考。

那種可怕，任何形容方式都難以描述，醜惡又褻瀆的事物讓我全身所有肌肉與神經抽搐。隨著自己發出震耳欲聾的尖叫聲，我終於暈了過去。

「原來我們之前聽到的尖叫聲是這樣啊！」

見到沒打馬賽克、狀態超噁心的小穆後，作者當場嚇暈了！

「妳們果然和這件事有關……拜託別再多管閒事了好嗎……」

別西卜露出非常疲勞的表情嘆了一口氣。

「沒有啦，那是受到小穆的委託！不是我們的錯！」

還是繼續看下去吧。

——醒過來後，我發現自己倒在森林中。

撕肉刺骨般的寒氣已經消失無蹤。我在太陽灑落的森林中暈倒的期間，反而得擔心會不會因流汗導致脫水。

但是我的全身卻像陷入嚴冬般浮腫。看來我不得不承認，森林深處的那座冰山，長鱗片在上空飄浮的生物，光膜另一端與任何文明款式都不一樣的建築物；以及無法以生命稱之，褻瀆又超越的存在都是事實。

在我步履蹣跚，即將不省人事前終於抵達位於森林入口的聚落。這幾天內我彷佛失魂落魄般，似乎只能茫然躺在旅館床上動彈不得。

不過我的內心終於恢復冷靜。也為了保持內心的平靜，我才會撰寫這本連書都算不上的小冊子。

我甚至隱約覺得，不該留下這種紀錄才對。

那種難以名狀又褻瀆的事物，以及比現今我們所知的任何文明都更古老，信仰它的古老文明，或許不該告訴任何人才是對的。

但我要維持清醒，就只能忠實記錄自己所見的事物。我必須靠這種方式整理思緒。

哦，明明還沒天黑，外頭卻突然變暗了。

有東西附著在窗戶上。

那究竟是什麼？

窗戶上！窗戶上！

——防雨板關著沒開。

**「原來只是防雨板關著而已喔！」**

也對，如果窗外真的來了可怕的東西，作者怎麼可能親手記錄下來呢……沒有擺脫這些威脅就無法出書了。

「小女子也提醒過沙沙．沙沙王國了，希望她們避免太大的動靜。」

「嗯，造成驚擾了呢。不過其實是她們要負責吧？我們只是接受委託，讓芙拉托緹吐出寒氣而已喔？」

既然有這種風險，當初就應該讓委託人事先說清楚才對。

「是嗎？那就相信妳們吧，畢竟妳的個性不會撒謊哪。」

暫時取得了別西卜的信任。

「另外去了王國一趟後，還有一件事情值得注意。」

別西卜再度錯愕地嘆了一口氣。

「王國的國王居然摘下腦袋玩耍……那是怎麼回事？模仿無頭騎士嗎？」

「原來她還做出這種事情啊！」

小穆該不會因為身體崩壞，藉機發現了奇怪的興趣吧……

由於很詭異，拜託千萬不要摘下腦袋……

結果我感到桌子下方傳來視線。

羅莎莉僅探出頭來。

「啊～有實際的身體就能做到這種事啊。我也想試著摘下腦袋一次看看。」

她的語氣帶有幾分羨慕。

「拜託，就算有身體，一般人也做不到好嗎⁉一摘下腦袋就沒命啦！」

包括吐出太多寒氣，導致芙拉托緹的個性暫時變化過大。接受委託果然不應該不顧後果。

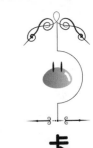

# 卡片社會即將到來

She continued destroy slime for 300 years

這一天哈爾卡拉在家裡工作，所以吃完早餐後依然待在飯廳。

桌上放了好幾本筆記本。

一瞧封面，只見上頭分別寫著「帳本」、「會計報告」、「營業額」等名稱。

「天啊……好麻煩……超級麻煩的……就不能更簡單一點嗎……」

「話說已經冬季了，到了必須處理會計的時期呢。」

我以前當社畜時沒待過相關部門，所以不清楚詳情。但似乎在哪個世界，到了年尾或期末都一樣忙碌。

在一年的什麼時候劃分的價值觀可能是共通的。畢竟如果以八分之三年劃分的話，會造成混亂……

另外現在才感受到，還好這個世界也是十進位。如果來個十四進位，就必須念書一段時間了。

「這一部分營業額存在銀行……這些則放在金庫內嚴密保管……」

「好像很麻煩呢。頭髮有些分岔該不會也是壓力的關係？」
哈爾卡拉的頭髮好像剛睡醒亂翹一樣，到處都在分岔。
「關於這件事啊，保管營業額也很辛苦呢～需要好的金庫防止小偷闖入，而且金庫面積也很大。」
「面積？」
金庫有這麼寬嗎？
「是的，因為要塞硬幣進去。也有金庫大到硬幣裝得像沙漠一樣呢。」
「啊，原來錢全都是硬幣嗎！」
我的上輩子也有硬幣，不過印象中大額金錢都是輕薄的紙張。至少一般不會見到十萬日圓或一千美元太沉重，無法搬運的情況。也沒有人只會隨身攜帶五百圓銅板。
「依照州郡或領主的方針，也會發行只在領地內流通的紙本金錢。不過基本上都不可靠。在我出生不久之前吧，由於領主沒落導致紙錢淪為一文不值的廢紙，據說當時鬧得很大呢。」
「那倒是很可怕。」
地區貨幣的確不太放心。
在這一點，即使硬幣比較沉重，也比較可靠。即使是我以前的世界，以硬幣為中心的時代也相當長久。

「以前在伏蘭特州工作的時候，我也會購買金塊，或是換成絲絹，以防止持有金額的價值下跌……可是非常麻煩。」

「錢的問題向來很傷腦筋。」

我覺得自己的語氣有些事不關己。

魔女的生活中不太在意金錢，沒辦法和辛苦經營工廠的哈爾卡拉相比。

無現金社會在這個世界還很遙遠吧。

不過比起對著電腦奮戰，總覺得像這樣攤開筆記本計算，更有田園風情與可取之處。

不會碰到下班前收到郵件，為了回信導致晚下班……寫回信的途中又收到下一封郵件這種鳥事。

——這時候，菜園那邊傳來聲音。

「來，這是當伴手禮的肥料。」

「謝謝。魔族真是大方呢。」

「因為小女子很有錢哪。」

是別西卜來了吧。如果是公會的娜塔莉小姐來的話，我會非常意外。自稱「小女子」的公會職員好像不太恰當。
沒過多久，別西卜便進入房子內。
而我也先準備好茶水了。
「小女子來啦～哦，哈爾卡拉這麼早就在家哪。蹺班嗎？」
「今天要處理文書。還預定要審核職員，在沒有職員的地方進行比較好吧。」
原來如此，這比會計更不該讓職員看見。
「真的無法預料別西卜何時會前來呢。」
「小女子在消耗之前假日上班的代休。由於身分，經常得參加在假日舉辦的活動才行呢。」
可以確實放代休假，真是文明。沒錯，假日上班照理說不該只是減少假日而已。
「話說魔族也有處理會計的季節嗎？」
結果別西卜的表情變得超可怕。
「……小女子要◯了會計檢查局！」
「怎麼突然語氣這麼可怕！」
「抱歉哪。只是稍微對會計檢查局怒上心頭♪」
憤怒是當然的，但她是真的發火耶。
「其實關於處理會計，目前正在開發有點新奇的道具，小女子今天帶來了。這樣就能解決零錢煩死人的問題啦。」
「啊，難道要以紙幣為中心嗎？」
魔族應該很快就能推動了。
「以前曾經實際做過實驗，但是火蜥蜴等種族一拿到紙幣就瞬間燃燒，因此中止啦。」
因為魔族的範圍很廣，才會有這種麻煩……超多民族社會特有的問題呢。
「另外要解決偽鈔問題非常辛苦。歹徒甚至雇用熟練的矮人工匠，印刷比真鈔更加精巧的紙幣。導致假鈔的價值更高，引發了混亂哪。問題就在於歹徒團體雇用了技巧過於熟練的工匠。」
「這番話能吐槽的地方太多了。」
「因為歹徒以普通的木版印刷，印出了精美的透光效果。偽鈔的魔族徽章看起來會透光，所以馬上就知道是假的。」
「怎麼反而是假鈔會透光啊！」
為何刻意製作得容易露餡呢。
「所以才說問題在於雇用過於熟練的工匠啊。工匠認為自己能做得比真鈔更精巧而下功夫，印出來的紙幣才會宛如超絕技巧的結晶。傳說中繪製的貓甚至從紙幣跳出來。」

不知道該說歹徒蠢還是厲害。

「另外過於熟練的工匠遭到逮捕後，直接強制他擔任造幣局的技術職員。」

「魔族國家還真是自由啊……」

「所以紙幣在魔族之間並未普及哪。不論真鈔做得多麼好，都會有人做偽鈔。硬幣反而因為ＣＰ值很差，不容易打造假幣。做了會賠本哪。」

啊，意思是如果要花五百圓打造百圓硬幣，就沒有人會造假幣了吧。

「前提說得有點多，不過解決零錢的新技術是這個。」

別西卜掏出的是一張卡。

卡的表面畫著魔法陣。

這魔法陣看起來——像是魔族使用的魔法，卻又不太一樣。

「該不會又是與沙沙・沙沙王國共同研發的吧？」

「並非共同研發，不過參考了她們的技術。或許將來靠這一張卡，就能完成所有支付。不過要推廣至社會，需要相當長的時間哪。」

該不會真的想實現無現金社會吧？

從別西卜的得意表情來看，可以隱約得知包含了相當驚人的技術。

魔族社會由於魔王長時間維持國家安定，就算大幅改變支付方式，信用程度應該也不會暴跌。

從這一點來看，或許也比較容易推動大型支付革命。
可是光看卡片，實在很難說什麼。
畢竟不知道哪裡厲害。
「這種東西啊，店裡不是也要設置支付終端嗎？雖然我不知道沒有終端是否還能用。」
「妳說的支付啥是什麼意思啊。小女子現在就實際展示這張卡有多厲害，有意見等一下再說。」
就算只掏出卡片也沒用，當然，在我們眼中只是一張卡片。
咦，既然店家要負擔支付終端的引進成本，店家也會不情願吧。
啊，果然是來賣弄的嗎？
「哈爾卡拉，前幾天三箱『營養酒 Max Heart』的錢是賒帳的吧。」
『營養酒』的種類不知不覺又變多了……
「嗯，對，沒錯。的確是賒帳。妳說只有魔族的貨幣，所以下一次再付錢。」
哈爾卡拉似乎也記得這件事。因為是老顧客，才能賒帳吧。
「小女子現在就付款。哼！」
別西卜的頭髮略微倒豎。
周圍也充滿了類似能量的事物！

「唔噢噢噢噢啊啊啊啊！」
不知為何，連哈爾卡拉排列在桌上的文件都飄了起來。
怎麼會有這種戰鬥漫畫常見的效果啊!?
「到、到底發生了什麼事!?」
連哈爾卡拉也嚇得皮皮挫。
畢竟付款時不會看到這種景象啊……
「妳們安靜點。如果不集中會失敗哪。唔噢噢噢噢！」
別西卜高舉剛才拿在右手的卡片後——

「嘿呀——！出來吧——！」

使勁朝下揮動。
這時候，硬幣突然從卡片出現！
還不是一兩枚，而是一大堆硬幣叮叮噹噹掉落到桌上！
在我和哈爾卡拉盯著硬幣看時，別西卜的戰鬥模式（氣氛很像）也隨之結束。
頭髮也不再倒豎，算是恢復了平時的她。
「呼，成功了哪。哈爾卡拉，確認看看金額。」

「咦?噢……好的!一、二、三、四……」

哈爾卡拉開始清點硬幣數量。

「剛剛好耶!的確是三箱『營養酒 Max Heart』,一萬一千四百戈爾德!」

連哈爾卡拉都聲音高亢,代表剛才發生的現象真的很驚人。

「咦?怎麼回事?難道無中生有變出錢來?」

這樣應該會導致社會陷入大混亂。但是利用古代文明的魔法技術,的確有可能做出翻天覆地之舉吧……

「傻了嗎?要是無中生有變出錢,社會不就大亂了嗎?」

別西卜一本正經反駁我。大臣有這方面的經濟概念很正常。

「那麼這些錢是從哪裡跑出來的?雖然出處成謎,但應該不是彷彿有硬幣的幻影吧?」

「幻影可不行!款項要老實支付才行!」

聽到我的比喻,哈爾卡拉有些害怕。

「才不會做這種無聊行徑,何況那算哪門子新技術。以幻影假裝付款,不是從幾千年前就在使用的古典犯罪手段嗎?」

「的確很古典……」

這個世界可以用魔法產生幻影,所以任何時代都會有人這麼做吧。以日本而言,就像狐狸或狸貓用葉子冒充金錢買東西。

「這可是貨真價實，人類國家的硬幣。用一張卡片就能讓錢出現，這才是新技術哪。」

別西卜更大牌地盤手胸前，其實她可以坐下來了。

「所以說，告訴我產生這種效果的新技術吧。到底怎麼做到的？」

「呵呵呵，想知道吧，很想知道吧。現在就告訴妳這項新技術，『轉移卡系統』的內容。」

即使想知道，但如果我現在說沒興趣的話，這一天她多半會鬧彆扭到極點……所以我沒有其他選項。

另外別西卜終於坐在椅子上了。

「這張卡片畫了特殊魔法陣。同樣的魔法陣，在小女子家中的某間房間也設置了哪。」

「嗯，到這裡都還明白。」

哈爾卡拉也點頭表示同意。

「手握這張卡片，藉由發動魔法，所需金額的硬幣就會透過房間的魔法陣，轉移空間到這裡來！」

「明白了！原來是召喚魔法的變種啊！」

原來還有這一招。

魔族的魔法中，的確從以前就有我召喚別西卜時使用的召喚魔法。

只要應用這項原理，應該也能召喚硬幣。

「單純而言是這樣。不過以前的召喚魔法，每一次都必須確實畫魔法陣，還得詠唱咒語。一旦失敗的話，還會在奇怪的地方出現。」

總覺得別西卜好像在瞪我，我迅速別過視線。

「連召喚人的時候，都會從浴室跑出來，害得人一身溼哪。」

「有這麼嚴重嗎～」

基於某些原因，我用這句話回答她。

「拜託至少在召喚前先將熱水放掉哪。」

「可以了啦！都是以前的事情，何不放水流呢！因為是浴室啊！」

魔族的魔法發音很困難，有什麼辦法。

「所以召喚魔法就是這麼困難。更何況金錢的尺寸很小，出現場所的偏移也很大。如果在酒吧結帳，錢卻召喚到隔壁店家，可就慘兮兮啦。」

「對喔。如果不能準確在櫃檯出現，就沒有意義了。」

要是錢出現在不同桌位上，可能會被據為己有。

「另外只有一枚硬幣的話，以前的召喚魔法也能召喚。但如果要挑選好幾枚硬幣召喚，這麼複雜的事情根本辦不到。」
「噢，所以得同時召喚多數對象嗎……」
「要支付七百戈爾德，得召喚七次一百戈爾德硬幣。這樣太花時間又累人，根本沒有實用價值。就算有能力同時召喚好幾枚硬幣，要準確召喚與支付金額準確吻合的錢，幾乎是不可能的。不過——」
別西卜將卡片湊到我們面前。
「——利用這張轉移卡，就有可能！」
這張只畫了魔法陣的卡，看起來愈來愈像不得了的寶物。
「哦，別西卜小姐，意思是只要在畫了連鎖魔法陣的房間事先準備大量硬幣，就能召喚出與結帳金額一致的錢吧。」
哈爾卡拉似乎也完全了解了卡片的機制。
「沒錯。只要有這張卡，身上不用帶任何硬幣也能買東西了！堪稱夢幻般的發明哪！」
夢幻發明這種形容詞並不會太誇張。
不用隨身攜帶硬幣真是一件好事。尤其是幾乎不存在紙幣的世界中，可是一大福音。硬幣實在太沉重了……
「哎呀，可以應用在各方面呢。以前要將營業收入運到銀行，可是一件大工程呢～要是運送過程中遭遇山賊襲擊，可就完蛋啦～有這張卡片的話，就能將營業收入轉移到銀行了。」

「哈爾卡拉，妳很有可能遭遇過山賊呢。」

「才三次而已！」

哈爾卡拉以左手比出V字又多一根手指的形狀。

「果然經驗還不少嘛！」

她的倒楣遭遇甚至讓人懷疑，她天生受到霉運星的糾纏。

「當然只要雇用保鑣，就能安全運送。但是人事費用也不能小覷，保鑣可能也是山賊假冒的，實際上真的發生過這種事。」

我突然感覺到這裡的確是奇幻世界。

保安公司自己就是山賊，有點難以想像呢。意思是中世紀很常見嗎？

「不過只要有這張卡，就能防止這些危險了！」

「對吧。不只是支付革命，甚至有可能掀起流通革命！」

別西卜終於高興到得意洋洋，不過就隨她去吧。

掀起流通革命也不奇怪。只要應用這項技術，快遞魔法師就可以雙手空空前來，在家門前召喚客戶訂購的商品。

換句話說，郵購將改頭換面。

© Benio

其實目前早就存在正常地利用飛龍運輸的郵購，我們家偶爾也會用。

問題在於成本頗高，不是任何人都負擔得起。

不過快遞業者帶著一張卡片，前往目的地的話，郵購的門檻勢必會大幅降低。

這可真是不得了！

我大略向別西卜說明郵購革命的構想。

「呵呵呵呵呵～對吧，對吧～將來也有可能辦得到喔～歷史會因此改變哪～」

別西卜的表情更加得意。

真想不到多虧古代文明，如此便利的社會有可能到來。長壽真是有好處啊。

「總有一天，我也會帶一張卡片前往弗拉塔村購物嗎？三百年之內，世界也發生了不少改變呢。」

「別西卜小姐，請讓我看看這張卡片吧！」

比我更有金錢切身問題的哈爾卡拉，指了指桌上的轉移卡。

「……嗯，好啊。」

別西卜頓了半晌，到底怎麼回事呢。哈爾卡拉對魔法領域應該沒有熟悉到可以竊取技術吧。配藥與魔法技術是完全不同的概念。

不過馬上就知道為何別西卜會有這種反應了。

哈爾卡拉一拿起來——

卡片隨即像紙變成砂礫一樣化為粉末，掉落在桌上！

「嗚哇啊啊啊！這已經不是脆弱的問題了！」

哈爾卡拉忍不住尖叫。她的手中已經空無一物，剛才還是卡片的粉末像藥粉一樣灑在桌上。

「哇哇哇！至少得將粉末集中在一起才行！」

咻——！

結果從開啟的窗戶吹進來的風，轉眼間將粉末颳得乾乾淨淨……

「彷彿有湮滅證據的功能一樣，消失無蹤了呢……」

「哎呀……這張卡片該不會有什麼功能，內心汙濁的人一拿就會自動銷毀吧……？」

「哈爾卡拉，這句話出自妳的口中，難道不覺得丟臉嗎？」

這也太自虐了。雖然可能比相信自己很了不起，而且深信不疑好一點……

別西卜則「唉～」一聲嘆了口氣。

看她的態度，果然似乎在預料之中。

「別擔心，哈爾卡拉。就算妳的內心很純潔，結果也是一樣哪。」

聽起來好像承認哈爾卡拉內心汙濁喔。

「這張卡片上施加了相當特殊的魔法陣。紙張的纖維無法承受負荷，所以只要用一次就會化成灰哪。」

原來是一次性的！

「那麼在金屬之類的材質畫魔法陣如何？」

別西卜搖了搖頭。

「由於必須精巧地繪製魔法陣，在金屬上沒辦法畫。必須得用紙張。」

「這、這個……反正紙卡片很輕，要支付幾次就帶幾張的話……」

「另外施加特殊魔法陣也需要不少成本與時間。一張卡片以人類的金額而言，要花三百萬戈爾德哪。」

「那我寧願隨身帶著零錢！」

就算是實驗階段也太貴了。不如說購買這張卡片的錢，就足夠生活一年了。

「而且還有其他問題。」

還要補刀啊。

我已經覺得使用這種卡片的社會一口氣變得遙不可及了。

「能純熟運用召喚魔法的強者——在一萬名魔族中頂多只有一人。」

「好像只有獲選的人才能使用的劍！」

光是擁有卡片就象徵狀態超強了（不過和超高級信用卡之類不一樣，是以不用為前提）……

「另外還有更麻煩的問題……」

別西卜陡然低下頭去。

「呃，不用了，剛才這些問題已經讓所有人望而卻步，所以不用說明了……」

而且這似乎是相當機密的情報。

「不，這個……和妳們也有關係，所以妳們也得聽才行。」

和我有關是什麼意思？

「由於是特殊魔法，使用後會突然很想睡覺……唔……比熬夜還要難忍……頭好重哪……」

「高不可攀的壁壘太多了，而且還貴得要死！」

到底得付出多少覺悟才能使用啊。

「這也是為何小女子會坐下……因為等一下就離不開椅子了哪……睡著後將小女子送到客房吧…………呼、呼……」

「要是在店裡使用，不就在店裡當場睡著了嗎！」

我甚至感受到一股看不見，讓卡片絕對無法普及的意志……

別西卜似乎已經完全進入夢鄉，於是由我負責送她。

我從椅子上拉起她，背起來。

「無現金社會果然還很遙遠呢。不，可能永遠也不會到來……」

而我也明白，為何別西卜會特地來到高原之家了。

這只能在當場睡著也沒關係的地方，像是朋友家才能嘗試。

如果在咖啡廳聊天時當成話題調侃，之後可就傷腦筋了。

「咕哇！救、救命哪！嗚哇！」

「居然還做惡夢，而且夢囈！」

「會計檢查局的聖騎士大舉進攻啦！又要雞蛋裡挑骨頭，專門沒事找碴啦！要被唸個沒完啦！」

「出現的敵人也好奇怪！」

到底有多怕會計檢查局的人啊。

不論人類或魔族，錢好像都是棘手的問題。

回到飯廳後，見到哈爾卡拉默默地檢查文件。

「果然天底下沒有這麼好的事。尤其文書作業，最好的方法就是孜孜矻矻地完成。就算量多到做不完，只要勤懇地做，總有完成的一課。」

「嗯，要在合理的範圍內做喔。」

「希望試試在晚飯之前搞定。照這個速度應該來得及。」

決定期限，不沒完沒了地加班是好習慣。

「原則上禁止餐後工作喔。吃飽飯後要好好休息。」
「是的，晚餐要是喝醉就別想做文書工作了！我不勉強自己，會好好休息！」
「不，我不是這個意思。」
喝醉酒應該也會影響健康，不過精靈應該可以視為誤差吧。

◇

餐點準備好的時候，我前去探視在床上睡覺的別西卜。
得確認她是否要吃晚餐。
別西卜一直在夢囈。我試著開口喊她，但她絲毫沒有清醒的跡象，只好讓她繼續睡。話說既然她在做惡夢，是不是該強行叫醒她？
「可惡！攻擊沒有效！怎麼會！為什麼這份文件不通過！小女子除了一般業務，私底下還包辦了會計工作哪！怎麼不放寬一點！」
「聽別西卜發自肺腑的聲音（？），總覺得好社畜……」
這一天，我稍微對別西卜產生了共鳴與同情心。
「哦，妳們兩個來幫忙嗎！看來小女子撿回一命啦！」
太好了，太好了。在夢中似乎終於搞定了。

那就繼續讓她睡吧。

「法露法與夏露夏，妳們真是小女子自豪的女兒！」

「不要連夢裡都擅自強占我家女兒！」

「很好，小女子的資產全部分給妳們兩個。嗯，要好好玩耍，好好學習哪～」

她正在做美得冒泡的美夢。

就算是在夢中，還是讓我頗為不爽。

「哦，妳們關心高原之家的阿姨嗎？好，下次就去那邊玩吧。」

我在夢裡居然變成了阿姨！

「偶爾也會想見見妹妹桑朵菈吧。嗯，那就去阿姨家吧。」

「吃飯囉，吃好吃的飯囉！起來，快起來！」

於是我伸手搖晃別西卜。

打算搖晃到她醒來為止。

「唔……這裡是……高原之家嗎……難得做了個好夢哪。」

「晚餐煮好了，所以我來叫醒妳。」

表面上我露出甜美笑容對應。

「妳該不會對小女子的夢感到不爽，而刻意叫醒小女子吧？」

別西卜對我露出狐疑的視線。

「哪有啊？我才不知道妳剛才做了什麼夢呢。」

我再度對她露出笑容。

「來，法露法與夏露夏都在等妳喔？」

別西卜的表情立刻露出笑容。

「也對，那就去吃飯吧～♪」

果然還是不能對她掉以輕心。

凝視著她開心的背影，我如此體會。

為了保護無價的女兒，可不能疏忽。

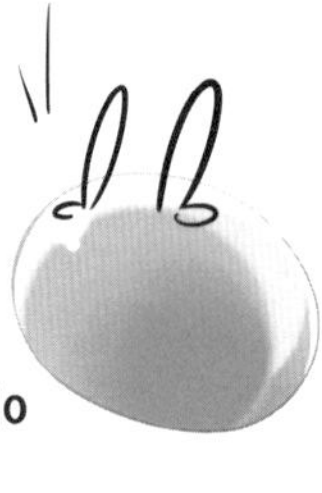

© Benio

完

SHE LOVES EATING!
精靈飯
持續狩獵史萊姆三百年，
不知不覺就練到 LV MAX
—外傳小說—
Morita Kisetsu
森田季節
illust. 紅緒

# 在地料理會出現初學者殺手這種當地特有的規則吧？

SHE LOVES EATING!

「——所以在蘑菇山迷路的時候，真的吃了不少苦頭呢～因為當時是冬天，氣溫愈來愈低呢……」

「唔～對身為龍族的芙拉托緹我而言，完全無法感同身受。」

「也對……畢竟就算迷路也能飛上天脫困，而且妳完全不怕冷……」

大家好，我是哈爾卡拉。

從今天開始，我乘坐芙拉托緹小姐出差兩天一夜。

有些西方的州郡想販售哈爾卡拉製藥的商品，我要前往該處一趟。

我要將王國西方也劃入我的勢力範圍！

「哎呀～話說有芙拉托緹小姐與萊卡小姐在，真的幫了大忙呢。以前在伏蘭特州工作的時候，很難到遠方出差呢。」

「只要請我吃飯就多多益善。我偶爾也想吃些奇怪的東西。」

以前我維持哈爾卡拉製藥的業績，在老家興建了『營養酒』豪宅（其實沒有豪華到這麼誇張）——

結果喝了『營養酒』而昏倒的魔族別西卜小姐在追殺我！得趕快逃命才行！發生這起烏龍事件後，我便離開家鄉，住在位於南堤爾州的高原之家。

現在我拜高原魔女亞梓莎小姐為師。

新生的哈爾卡拉製藥工廠也在南堤爾州的鎮上重建。

之後發生了許多事情，現在第二名龍族，芙拉托緹小姐也成為家族的一分子。

哈爾卡拉製藥比以前更加飛躍發展喔！

畢竟我現在正乘坐芙拉托緹小姐飛行！

「……話說芙拉托緹小姐，妳會不會飛得太快啦……？」

所有風勢朝我身上灌，所以很難受……

「可是不以這種速度飛行，接洽就要遲到了吧？畢竟是從一開始就發揮這種速度為前提才出發的。」

「當初就希望預留一點時間出發啊！」

強風猛烈拍打在我的臉上！

我的頭髮肯定也亂成一團……抵達後還得檢查一下儀容，否則在洽談會場上，對

© Benio

方可能會以為報喪女妖來了……
我的西方出差記就此揭開序幕——在揭開之前相當辛苦呢……

◇

「哦，哈爾卡拉，工作結束了嗎？」
我和芙拉托緹小姐在城堡前方會合。
「嗯，讓妳久等了。話說這真是雄偉的城堡呢～」
「很棒喔！和博物館等地方不一樣，我芙拉托緹在這裡也特別興奮呢！」
我們來到位於杜翰州，名叫富拿葉的都市。
這裡的觀光名勝當然是富拿葉城。
是一座外表呈現紅色的巍峨城堡。
城堡是以前統治這片地區的大領主所興建。目前公所等單位已經移到其他地方，所以付錢就能參觀內部。
「真有魄力呢～這麼紅又華麗的城堡可不多見呢。」
「對啊。不過紅色好像紅龍族，我倒是希望城堡能塗成藍色。」

那樣有點詭異吧……

「雖然機會難得，我也想參觀一下城堡──」

我無力地按著肚皮。

「可是我…………肚子餓了。」

要在城堡內走來走去參觀，十分消耗體力呢……如果不吃點東西，根本沒辦法仔細觀賞。

「那就去吃飯吧！去餐廳吃飯！」

「對啊。好好吃一頓吧！」

做生意當然很重要，但是也不能疏於用餐。

在遠方的地區用餐，享用與平常完全不一樣的餐點。非常有吸引力呢！

「這裡是觀光勝地，所以那邊好像有條餐飲街。」

「不不不。做觀光客生意的店，才不會賣當地真正美味的餐點。也就是俗稱的假貨，冒牌在地料理。」

「嗯～我芙拉托緹只要能大口吃肉，不管是假貨還是真貨都照單全收。」

「這種學生的想法也是一種正確答案，不過今天就享受在地美食吧。所以現在，我們要前往城鎮！」

「要去那裡也可以，反正城鎮的距離也不遠。」

在富拿葉鎮上走了一段路後，發現一間從白天營業、餐廳兼居酒屋的店，頗有幾分風味。

從建築物散發出一股很有年代的氣氛。

「好！就選這間店吧！絕對不會踩到地雷的！」

「看起來不像是奇怪的店，不過好吃嗎？」

「這可是受到當地居民喜愛的店喔。比起最近新開幕，只靠稀奇菜色決勝負的店安全多了！況且這間店面朝大馬路，也不用擔心碰上不賺錢，一半靠興趣苦撐的店！」

「妳還真會分析呢。」

「畢竟精靈也是長壽種族啊……以前吃過不少虧呢……」

「那就進這間餐廳吧。」

打開店門後，頓時感覺到很有在地餐廳的氣氛。

「歡迎光臨。兩位客人吧，請坐後方的座位～」

年齡大約三十歲的人類老闆娘，和藹可親地幫我們帶位。

目前沒有任何踩雷的元素，看來可以期待。

好，就座後就看看菜單吧。

機會難得，想嘗嘗看只有當地才吃得到的菜色呢～

我看看，有漢堡蛋，香腸……

「咦？還真是普通呢……」

該不會在地過了頭，菜色反而變得一點特徵都沒有？我該不會又踩雷了吧？

「哦，這道富拿葉飯似乎看起來不錯呢？」

芙拉托緹小姐手指的，是直接冠上地名的菜色。

**本店名產**

**富拿葉飯**

在米飯上大量盛放
杜翰州特產，
煮得甜甜鹹鹹的杜翰牛牛筋，
是最受歡迎的午餐菜色。
以牛肉的力量讓您
白天工作充滿活力！

「這附近不只有麵包，似乎也可以吃到不少米飯。將肉盛放在米飯上，好像不錯呢！尤其是肉這部分更棒！」

原來如此。大胃王芙拉托緹小姐應該會喜歡這種菜單，況且還使用了在地食材。

不過我追求的不是類似活用創意、設計出來的這種菜單，而是這片地區從以前就有的料理……

呃，不對，或許比極為普通的套餐有趣……

只不過這樣太沒意思了，再找一道沒聽過的料理吧。只要仔細端詳菜單，肯定會有所獲。

哦，還有『蓋澆　三百五十戈爾德』這種小菜類呢。

又是莫名其妙的名稱。就是它，就是這一道！就該點這種菜才對！

「芙拉托緹小姐，我決定好了。」

「是嗎？那我要兩份富拿葉飯。」

真能吃呢……

我向老闆娘點了富拿葉飯與蓋澆。

老闆娘笑著說「客人真愛吃肉呢」。都是芙拉托緹的關係啦……

五分鐘後，富拿葉飯首先上桌。

在碗中鋪平的米飯上，盛放了大量煮得軟爛的牛肉。

外觀看起來也肯定不會錯！

芙拉托緹小姐迅速抓起湯匙舀進嘴裡。

「嗯！甜甜辣辣的，真好吃！」

我也試著嘗一口。

「真的耶！牛肉又甜又辣，與米飯一起送進嘴裡，的確剛剛好！」

煮透的牛肉含有相當多湯汁。米飯吸收了湯之後，兩者結合得恰恰好。

這種燉煮甜辣牛肉應該不適合配麵包，但是非常下飯。可以說完全考慮到與米飯相配的料理。

「嗯嗯！豪爽的厚片肉也不錯，不過這種甘甜的肉類料理同樣非常美味！點兩份果然是對的！」

「兩份只有芙拉托緹小姐才吃得下吧……不過妳能感到開心就好。」

「還有，這些牛肉應該也很適合當下酒菜呢。」

我也想到了這一點。

「對啊。調味本身相當濃郁，應該也很適合下酒。」

這時候老闆娘再度前來。

噢，是芙拉托緹小姐點的第二道富拿葉飯吧。

「來，讓您久等了。另一份富拿葉飯。」

還有一個平盤子放在桌上的空位。

「還有一份蓋澆。」
來了！神祕料理蓋澆上桌啦！
究竟是什麼樣的料理呢？
與未知的料理相遇，也是旅行的醍醐味！
裝在小碟子裡的料理是——
盛放在富拿葉飯上的煮牛筋。
「咦……？蓋澆指的是這個啊……？」
「是的。富拿葉飯是將蓋澆盛放在米飯上的料理。其實原本是店裡的員工餐。」

完全重複啦！
別說未知的料理，送來的根本就是剛才吃過的東西！

「蓋澆原本是思考多出來的肉，要如何煮得好吃而製作的料理，現在蓋澆本身倒是很受歡迎。客人您願意追加單點，我們感到很開心呢。」
老闆娘，不是這樣啦……純粹是我點錯了……
我嘗了一口蓋澆。
味道就是富拿葉飯少了白飯。

早知道這樣，一開始就應該先問清楚究竟是什麼料理。

想不到竟然會布下這種陷阱……

「第二份也很美味！甚至希望能在高原之家製作呢！」

還好芙拉托緹小姐開心地享用富拿葉飯。

「哈爾卡拉，妳明天還要去提帖立亞州做生意吧。我還想在那裡享用美味的料理，拜託啦。」

嘴裡依然塞著飯的芙拉托緹小姐說。

沒錯。還有機會不是嗎？

這次我不會再踩雷，要好好品嘗在地菜色！一雪前恥！

◇

就在當天晚上，我和芙拉托緹小姐進入提帖立亞州。

能這麼有效率地移動，都多虧了芙拉托緹小姐。如果搭乘馬車，光是移動就要耗費一整天。

「總覺得亂糟糟的呢，色彩倒是十分繽紛。」

左顧右盼的芙拉托緹小姐環顧城鎮。其實我明白她的心情。

「提帖立亞州是西部商業同盟的中心地帶。目前依然是商人的自治都市，所以商業的氣氛十分強烈。」

提帖立亞州的州府，提帖立亞布滿了無數河川，設計成能以船隻高效率運送貨物。由於也靠近海邊，是水運的一大據點。

「噢噢──！那件衣服好帥喔！」

「哪一件？」

「就是那一件肚子上畫了一隻大老虎的！看起來好強呢！」

「呃……我覺得應該不太合適，勸妳別買比較好……」

「不過那裡也有女人穿著背上有獅子圖案的衣服喔。」

話說回來，提帖立亞州的商人以前差點被大領主的軍隊征服。當時據說所有傭兵都穿著有動物頭像的服裝，展現勇猛，最後順利擊退了敵軍。或許風潮扎根於這種歷史背景吧。

「不過芙拉托緹小姐，要穿不是該穿畫有龍的衣服比較好？」

「聽妳這麼說，有道理呢。不過完全沒看到有人穿著畫了龍的衣服。」

「因為在大型城鎮，真正的龍族會很自然地定居吧……看在龍族的眼裡，可能會覺得很奇怪……」

「好啦，明天再品嘗當地的料理──今晚想喝點東西呢。」

芙拉托緹小姐的眼神同樣充滿期待。

「當然會陪妳去啦！從那裡飄來好香的味道！」

她的視線彼端，設置了一座傳說中持續奔跑了三百天，名叫庫立果神的神像。還有據說以鉗子撕裂了邪惡的九頭蛇，螃蟹外表的朵拉庫神神像。以及據說以毒針打敗了邪惡鯨魚，河豚造型的提齊立神神像等。

另外還有小丑模樣，以及模樣像哥布林的神像之類。這條神明路供奉著好幾座神像。

「眼光真不錯。那條神明路號稱提帖立亞最熱鬧的街道，肯定也有餐飲店，找間不錯的店吧！」

「聽起來不錯喔！馬上就去吧！」

走了一段路後，見到一間特別有活力的店鋪。

『大受歡迎　炸串店　大競技場亭』

從店招牌畫的圖來看，似乎是將插在竹籤上的炸物沾醬汁享用的店。

「這些料理肯定很下酒呢。」

「應該能吃下五十根。開懷暢飲，大口品嘗吧！」

於是我們毫不猶豫進入店內。

店內也充滿活力，感覺很不錯。看來可以開心地喝醉呢！

總之我們先點了兩份十支炸串的套餐配酒。

「哎呀～真是期待呢！所有藍龍肯定都喜歡這些料理！在吃之前就看得出來呢！」

「我也開始興奮了喔！那麼在料理端上桌之前，我去摘幾朵花。」

這是精靈的特殊說法，意思是去上廁所。

用餐前先上廁所，順便洗手。在高原之家或許有些地方讓人覺得我粗枝大葉，但精靈可是很注重清潔的。而且我可是公司社長，生產要送進嘴裡的東西呢。

我對著廁所的鏡子，重新打起精神。

午餐犯了重複點菜的失誤，我都要在這一次討回來！

而且連明天的午餐都要設法大成功！

「談生意和用餐都要卯足全力！上吧！」

我露出非常棒的表情，從廁所回到自己的座位上。

卻發現芙拉托緹小姐和店員發生了爭執！

不會吧！這麼短的時間內發生了什麼事!?

再怎麼樣也不至於喝得爛醉，惹出麻煩吧！

「客人，不是寫了禁止重複沾醬嗎！」

「我哪知道啊！吃之前沒告訴我，我怎麼會知道！」

「店門口前有寫，櫃檯上也有寫啊！」

「我芙拉托緹才不會刻意去看那些東西！況且要不要看櫃檯前的資訊，是顧客的自由吧！」

原來是有獨特規定的店鋪！

這種好像初學者殺手的規定很傷腦筋耶！

「那位觀光客似乎重複沾醬了喔。」「我們也是觀光客，但不能重複沾醬算是常識吧。」「反倒是現在一看到禁止重複沾醬的招牌，就知道是炸串店了呢。」「第一次看到有人真的被罵，或許反而很難得。」

根據顧客的聲音，似乎是基本規定……

氣氛演變成抱怨初學者殺手的行徑比較丟臉呢。

「芙拉托緹小姐，就承認是自己錯吧。只要低頭道歉就能了事了。」

於是我介入調解。

「可是我的怒火還無法平息！既然禁止重複沾醬，那從一開始就淋上醬汁再端給客人，或是放個裝醬汁的瓶子不就好了嗎！在盒子裡裝滿醬汁提供給客人，簡直就像引誘顧客重複沾醬嘛。」
聽起來有理有據，但是顧客卻笑了出來。
「整支炸串浸到醬汁內比較好吃啦。」「一點一點滴醬汁哪能叫炸串啊。雖然我們是觀光客。」
拜託，既然是觀光客，就不要說得頭頭是道好嗎？
「好了好了，稍等一下。」
此時現身的是臉上有幾道傷疤還剃光頭，表情嚇人的劍士先生。
哇，他散發的氣氛好像在附近長年當冒險家維生耶！看來對鎮上的每一間酒吧瞭若指掌！要是還被這種人纏上就麻煩了！
「店員，這位龍族小姐說的話也有一點道理。既然彼此都沒有惡意，那就雙方道歉各退一步吧。如何？」
表情嚇人的劍士先生一來，店員也乾脆地態度軟化說「也對……」，芙拉托緹同樣表示「我不會再犯同樣的錯了……」
哦！表情嚇人的劍士先生真有一套！
「非常感謝您！幫了大忙呢！」
我禮貌地向對方致謝。低頭致謝是職業病，我早就習慣了。
「我也是來自遠方，所以想開心地品嘗炸串。僅此而已。」

原來他也是觀光客喔！
我以為他肯定是常客！

之後十支炸串套餐端上了桌——
「怎麼看都有十二支呢。」
「剛才真是不好意思，贈送兩支聊表歉意。」
店員對我們使個眼神表示，好神的待客之道啊。
炸串本身也非常下酒。
「這些炸串必須整支浸到醬汁裡才行呢。一點一點淋上醬汁的話，滋味就消失殆盡了。這一點店家很懂喔♪」
結果芙拉托緹小姐也開心地吃吃喝喝。只要結局ＯＫ就萬事ＯＫ。
而既然提到結局ＯＫ——
明天的午餐也要圓滿成功！

◇

隔天，我在早上搞定生意後——

中午與芙拉托緹小姐一同走在提帖立亞的大教堂商店街。

「這條商店街還真長呢，竟然有這麼多店鋪啊。」

「聽說終點正好就是大教堂，參拜道路才形成商店街。純論長度的話，似乎是王國最長的。在這裡應該也能找到不錯的店。」

吃完這一餐後，我就要乘坐芙拉托緹小姐回到高原之家。

亦即是這次出差的最後一次機會。

既然善始就要善終！我要吃一頓毫無瑕疵的午餐！

走在商店街，最常看見的就是——

「來客燒」這個神祕的名稱。

不只是餐廳，連像咖啡廳的店鋪都寫著「有賣來客燒」。看來似乎是當地的名產料理。

附帶一提，偶爾會看到店家附插圖，所以知道形狀。好像是類似圓形煎蛋糕的食物。

「好，最後就吃來客燒吧！」

「可是販賣來客燒的店有無數間呢。這樣就完全不知道哪一間店賣的才好吃了。」

「碰到這種時候，挑選看起來受到當地喜愛的店鋪是鐵則。」

正好有一間店可以透過小窗戶看到店內動靜，似乎介於咖啡廳與餐廳之間。

可能因為是正午時分，座位坐了八成滿。

意思是不只當作咖啡廳，餐點的滋味也相當受到歡迎。

而且像是商人的顧客拍了拍大肚皮，正好走出店鋪。

一臉吃飽喝足的表情。

能讓那種體格的顧客滿足，代表分量方面也完全不用擔心！

「這間店絕對不會踩雷！就選這間店吧！」

「知道了。我也相信哈爾卡拉妳的眼光。」

於是我們打開這間店的店門。

鈴鐺『叮鈴～』一聲發出有些悅耳的清脆聲響。

「兩位客人吧！請坐那邊的位置！」

接待的大姊也很有精神。看來選了間不錯的店呢。

長年反覆失敗之下，我也有所成長。以前住在伏蘭特州時，曾經挑選過奇怪的店家而大失所望，但我現在已經不會再踩雷了。

不，就是因為凸槌、踩雷的關係，才有現在提升技巧後的我！凸槌與踩雷都是肥料！踩雷後才會綻放成功的花朵！

踩雷後才會綻放成功的花朵——我這句話聽起來好像格言呢。

下次當作標語，貼在工廠吧。

我看了看午餐菜單，發現午餐有賣六百戈爾德的來客燒套餐。單點來客燒同樣也是六百戈爾德。

「午餐點套餐似乎比較划算。」

「對啊。那就確定點來客燒套餐囉。」

來客燒像是煎蛋糕的變形，如果當成套餐的話，肯定也會附配菜吧。

於是我們點了兩份來客燒套餐。

來客燒套餐，究竟是什麼樣呢？從現在開始期待吧。

可能因為午餐時間，翻桌率也很快，店員沒過多久再度前來。應該是端料理上桌。

「讓兩位久等了！兩份來客燒套餐！」

好，享受來客燒套餐後回家去吧！

來客燒的一旁，放著白飯盛得像小山的盤子與湯品。

咦……？意思是配麵粉料理吃白飯嗎……？這不就變成主食加主食了？

「這個，不好意思，套餐是不是指來客燒有配菜呢……」

「套餐附有白飯與湯品喔。」

難怪分量十足！還會露出吃飽喝足的表情！

「請問兩位是觀光客嗎？來客燒套餐在這附近十分常見喔。」

「原、原來如此……不，沒有問題……我開動了……」
本來應該善始善終，結果又受到在地規則的玩弄……
就算在吃米飯的地區，也沒聽說吃麵包配飯的，這有點難度吧……而且營養價值是不是也有點偏呢……？
可是——
似乎只有我感到不妙而已。
「哦！龍族會喜歡這種搭配喔！吃了就會精神百倍呢！」
芙拉托緹小姐迅速拿起叉子，將淋了醬汁的來客燒切成正方形——
然後盛放在米飯上，以叉子連同米飯舀起來，送入口中。
「嗯！醬汁很濃郁，所以吃起來剛剛好！」
她一點也不認為有哪裡不妥。
對啊。如果任何人都認為這樣不妥，根本不可能成為這一帶的常見料理。提帖立亞的居民肯定不認為來客燒配飯有什麼問題。
我是不是基於狹隘的價值觀，硬將來客燒套餐當成失敗的組合了呢？
首先要挑戰。只有挑戰才能創造革新！踩雷才會綻放成功的花朵！
雖然無關緊要，不過馬上就出現了套用「踩雷才會綻放成功的花朵」的情景！
現在就嘗試讓花朵綻放吧！

我也試著在白飯上放來客燒，送進嘴裡。

啊，醬汁的確和白飯搭配得天衣無縫！

「不錯耶！套餐的味道很棒喔！」

於是我也不落後芙拉托緹小姐，開始挑戰雙主食的吃法。

「哈爾卡拉今天也很能吃呢！和龍族有得拚喔！」

「嗯！因為我還年輕啊！」

這時候我發現桌上的醬汁。毫無疑問，是用來追加淋在來客燒上的——

應該可以利用一番。

我將醬汁淋在白飯上。

醬汁飯就此完成！

「哦！竟然還有這種吃法啊！」

「看起來真有趣！我也想試試看！」

芙拉托緹小姐也開心地在白飯上淋醬汁。

嗯，能笑著享用的餐點才是最重要的！

然後我順利吃完了來客燒套餐！

我和芙拉托緹小姐意氣風發地離開了餐廳。

決定是否踩雷的人可是自己。

憑自己的力量，同樣能將踩雷轉化為成功。

我透過來客燒套餐，學到了寶貴的一課。

◇

「不好意思……飛行的時候可以不要晃得太用力嗎……」

回去的路上，我產生了輕微嘔吐感……

「來客燒與白飯快吐出來了……」

「就算妳這麼說，可是這附近風很強，搖晃在所難免耶～拜託妳緊緊抓住我，以免摔下去。」

來客燒套餐的分量果然太多了嗎……

「還有，絕對不准吐在我的身上。否則我就像浸泡炸串醬汁一樣，將妳塞進汙泥沼澤內十秒做為懲罰。」

「好啦，我會小心的……」

我臉色發青，以手摀住嘴。

精神的力量不可靠，以物理手段處置比較安全。

在乘坐龍飛行之前，肚子最好不要吃得太飽。

有人說回程感覺比出發更短，但我現在的情況，反而覺得回程是出發路程的三倍。

這樣能算是善始善終嗎……

☆個人筆記☆

位於富拿葉市鎮的餐廳兼居酒屋

富拿葉飯配蓋澆

總計一千一百戈爾德

想不到蓋澆重複了！

不過這一道似乎很下酒呢。

偶爾嘗嘗這種肉類料理也不錯。

總覺得西方料理的整體調味大多偏甜。

還有，店裡的小孩會在空座位寫類似學校的作業，看了真窩心。我喜歡這種風景。

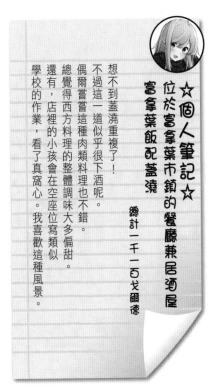

☆個人筆記☆

炸串店　大競技場亭
十支炸串套餐（附贈兩支）
額外加點炸串、加鹽甘藍菜、各種酒類
總計兩千五百戈爾德

連續吃炸串會導致胃下垂，聽說這時候要吃點高麗菜。還有，加鹽高麗菜直接吃也很棒。真的很好吃。想單點加鹽高麗菜。
另外我還見到顧客與店家在所有單位加上「萬」字的交流：「總共三千五百萬戈爾德～」
「來，這裡是三千兩百萬戈爾德。」
「找您五十萬戈爾德～」

☆個人筆記☆
咖啡廳 娜歐美
來客燒套餐
六百戈爾德

來客燒的分量相當厚，十分有嚼勁。
加了相當大量的高麗菜，
這一代的人都很喜歡高麗菜嗎？
另外聽說綜合果汁也很受歡迎，
究竟是綜合了什麼呢……

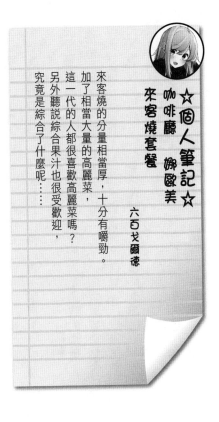

# 即使來到人生地不熟的異國，肚子還是會餓吧？

大家好，我是精靈哈爾卡拉。

事出突然，但我回過神來，發現自己站在原宿車站前。

我的記憶模糊不清，不記得自己為何會在這裡……但總之似乎看得懂原宿這兩個字。

服裝像天使的人，以及服裝像魔族的人走過我的身邊。

「那是最新流行的森林系女孩嗎？」「不如說感覺像精靈羅莉吧？」

雖然好像在討論我，但並未對我提高警覺，所以無所謂。

與其說漫無目的，其實我連這裡是哪裡都不知道——

「四處晃晃吧。」

或許走一走會知道些什麼吧。調查當地情報可是生意人的基本。

我在名叫竹下通的馬路上前進，這附近似乎是人潮最多的地方。

SHE LOVES EATING!

路上有年輕女孩喊住我。

對方穿著彷彿魔族的黑衣，但好像是人類。

「不好意思，您真是可愛呢！可以拍張照片嗎？」

「召遍？……是祭品之類的嗎？」

「哇，角色扮演好徹底喔！不會吸取靈魂啦，放心好了！」

雖然聽不太懂，不過我還是讓她拍了照。

「妳也要拍我的服裝嗎？今天的概念是『暗黑貓熊』喔。我是從松戶來的！」

「不用了，我沒有帶攝影用具。應該沒有任何精靈會有吧。還有，我是從南堤爾州來的。」

「連角色扮演都非常完整呢！耳朵也完全像真的！」

我只是很自然地回答，就受到對方誇獎。她們的文化大概習慣誇獎吧。

之後同樣讓類似穿著的女性拍了好幾次照。

大家都很年輕，或許對我產生了同情心吧。

話說回來，這裡究竟是哪裡呢……

記憶混濁不清，想不太起來……

可以確定的是，我想採收大樹的樹果，結果樹果掉下來砸中我……之後就不清楚了。

接下來的記憶是，我突然跑到奇怪的空間，與像是女神的人對話的場面……然後——

**「妳是亞梓莎小姐的家人吧。哎呀呀，失去意識了嗎～應該沒有死掉，不過機會難得，在妳清醒之前要不要到亞梓莎小姐以前生活的時代看看？時間在異世界是扭曲的，所以沒有問題喔～既然要去的話，就讓妳前往有很多可愛女孩的城市吧～」**

——女神這樣告訴我。

也就是俗稱的超常現象嗎……

畢竟我很難想像師傅大人會在這種神祕國度內。

——可是讓我顧不得那麼多的危急情況，已經向我來襲！

「我的肚子……………………餓了。」

剛才我晃晃悠悠，毫無目的地遊蕩，期間內肚子照樣會餓。

而且人群眾多，即使只走了一小段距離，該說出乎意料地消耗體力嗎？很費精神力呢。
找間店吃飯吧！肯定會有好的店家！
賣衣服的店。
不是這一間。
又是賣衣服的。
依然不是這間。
賣雜貨類的店。
這一間也不是。
逃出鬼屋的逃脫遊戲店。
我已經看不懂這是什麼意思了。
奇怪，難道這一區沒什麼餐飲店嗎……
另外店鋪整體上很有奇幻風格。餐飲店不是更樸實無華比較讓顧客放心嗎？難道沒有類似沉默寡言的大叔，與和藹可親的老闆娘齊心協力經營的店嗎？
在我左顧右盼物色店鋪時，傳來甘甜的香氣。

『自助式甜點　雪莉百匯』

「我看看？上面寫著『兩小時無限享用。歡迎來到女孩子的夢想空間』——」

沉默寡言的大叔絕對不會棲息在這種過度裝潢的店鋪，店內同樣聚集了過度裝扮的女孩。

雖然不知道什麼東西逆轉了，不過現在要採取逆轉的想法。

人生漫長，有時候光吃點心吃到飽也不錯吧？

而且這個國家有點怪怪的。

換句話說，很有可能出現我沒聽過的點心。

進去看看吧！凡事都要經驗一下！

於是我獨自走進店內。

店員立刻帶領我來到座位上。

原來不論料理或飲品，都只要拿取自己喜歡的享用即可。

既然吃到飽，於是我立刻前往點心區。

結果看得我目瞪口呆！

全都是我沒見過的點心！而且看起來特別可愛！

往旁邊一瞧，只見有女孩子拿著『智慧型手機』的攝影機器，啪嚓啪嚓地拍個不停。

看來那似乎是用來記錄的器物。

那臺神器的零售價多半高達五千萬戈爾德，難道這間店是高貴的千金大小姐專用的嗎？過度裝潢難道是大名鼎鼎魔法師的證明之類？

反正那些都不重要，不享用點心怎麼行呢。

我從一端依序將點心盛放在盤子上。其實我很想不顧外觀，但是周圍的女性都盛放得整整齊齊，所以亂堆多少有點難為情。但我還是不斷往盤子上堆！

吃到飽的好處，在於對哪一道感到好奇都可以先搶再說。

沒有必要煩惱要不要吃。這是相當大的優點。

我們公司也試驗性開設『營養酒』無限暢飲的店吧。不過連續喝十瓶的話，身體可能真的承受不了……還是算了。

好，坐回座位上，開始第一波吃到飽！

首先是馬卡龍。

這連我都嘗過。在善枝侯國的店鋪也有販賣，不過沒有這麼色彩繽紛。

酥脆的口感真不錯！而且十分輕盈，彷彿在吃雲朵一樣。

接下來是蘋果派。

我好像下意識吃過這一道，才會送進嘴裡吧……難道是生物本能嗎？反正外表看起來不噁心，應該不用擔心這方面……

哇，這是我人生中吃過最好吃的蘋果派吧！

甜度簡直絕妙，派皮也超好吃的……酥脆與溼潤的平衡的確是黃金比例！

我該不會挑了一間無可挑剔的店吧？

原來如此，難怪店裡有這麼多很像有錢人的女性！

接下來嘗嘗豪華的點心吧。

是叫做巧克力聖代的點心，放在專用的直立細長型容器內。

據說以前魔族推廣過這種叫做巧克力的食物。聽說一開始以不甜的為主流，後來愈變愈甜，變成了點心之一。現在我們也偶爾會當成點心享用。

雖然是異國料理，但其他品項也是甜食，巧克力肯定也是甜的。

話說回來，明明是未知的料理，我好像選了太多大分量的呢……就算以容器抬高底部，這一道甜點的高度與分量也很不得了……

我利用湯匙，將第一口送進嘴裡。

「吼冰！」

我忍不住喊出聲音。好幾名顧客轉頭望向我。哎呀，難道我太粗俗了嗎……？該不會在上流階級的店鋪是不應該的吧？會被趕出去嗎？可是店內本來就相當吵鬧呢。

「難道角色設定成連冰淇淋都沒吃過？」「超真實的耶。」「也就是俗稱的專家吧。」

似乎受到別人的稱讚。精靈在這片地區上有這麼稀奇嗎？光是身為精靈就受到褒獎的話，倒是很輕鬆。

那麼，雖然冰冷得超乎想像讓我大吃一驚——

不過這道叫巧克力聖代的食物，同樣相當不得了。

冰冷之後立刻感受到甜味。而且與白色奶油一起享用，就能緩和冰冷的感覺，別有一番滋味。插在上頭的餅乾品質也很高，連細節都毫不偷工減料，好得有點誇張呢。

這座城鎮可能發展成特別擅長製作甜食呢。

從甜點的種類也看得出來，已經超越了廚師個人的努力。唯一的可能性就是傾全國之力注資。

這時候稍微對巧克力聖代三心二意一下，再嘗嘗看黑漆漆的咖啡果凍吧。

不知道咖啡是什麼東西，但應該是咖啡的關係才會變黑。

哦，與之前相比突然感到苦味。

不過苦得剛剛好，之後些許的甜味在口中擴散。

「原來如此。是這樣子啊～」

我終於明白了。如果品嘗聖代這種甜過頭的點心，導致味覺麻痺，就用這一道恢復味覺的意思。直覺發現這一點的我，該不會具備才能吧？或許在異國也可以生活下去？

接下來是粉紅色，叫做草莓千層蛋糕的甜點。

從第一口就感受到至高的幸福。

老實說，實在是太甜了。砂糖之類加得不是普通得多耶？連奶油都多到離譜了喔？可是卻不會死甜，形成一道優雅的甜點呢。

如果帶回高原之家，可是足以馴服法露法與夏露夏的味道。堪稱惡魔的食物……好，雖然巧克力聖代還沒吃完，不過先到此為止，去拿吃到飽第二波吧。如果一直吃冰冷的東西，肚子會受寒，所以這道聖代就一點一點慢慢吃吧。

可以盡情品嘗自己喜歡的餐點──這段時間真是太棒了。

不過各位似乎都忍不住將甜點送進肚子裡，使得設置甜點的場所有些擁擠。

現在的我非常心胸寬大，所以慢慢等待吧。不論幾個小時我都等。不對，吃到飽限制兩個小時，所以還是不能等太久。

不過從顧客排隊的地方，傳來出乎意料的名字。

「想不到梓（註8）會來這裡呢。」

咦！

她是不是說了師傅大人的名字？

「拜託～雖然我是亞紀那一掛的，但是和她們沒那麼親，所以不用在意啦～」

「但如果讓亞紀等人知道妳和我們一起來的話，不是很不妙嗎？」

「唔～到時候我會告訴她，這叫吳越同舟。」

「究竟誰是吳國，誰是越國啊？」

「居然吐槽這一點嗎!?難道還有尊卑之分!?」

果然聽到了師傅大人的名字。

我隨即望向該處。

該集團可能是哪裡的軍隊，或是聖職人員集團。穿的服裝都一樣，而且都留著長長的黑髮。

所以這時候可以確定與師傅大人的容貌完全不同。連頭髮的顏色都不一樣。

可是別人稱作亞梓莎的那一位，總覺得眼神有點像師傅大人。

---

註8 日文音同亞梓莎。

但也有可能只是聽到名字，產生先入為主的印象。

對方似乎也發現我在看她，彼此忽然視線交會。

我隨即尷尬地別過視線。

本來就僅此而已。又不是喝醉的冒險家，才不會因為四目相接就糾纏對方。

「怎麼了嗎？梓？」

「不，沒什麼。一如平常～」

「話說啊，雖然是我們邀請妳，好像不該說這些話。不過妳人太好了，討厭的邀約要確實拒絕比較好喔～」

「什麼啊，自助餐中途變成說教時間～？」

「沒啦，現在是還好。但妳以後工作時，如果別人都可以塞工作給妳，可是會過勞死的喔？」

「好啦好啦，感謝妳的忠告。我會妥善處理的。」

「不會妥善處理的人才會講這句話（笑）。」

這時候輪到她們挑選點心，於是對話到此中斷。

實在勾起我的好奇心，但大概是我想太多了。何況我也該考慮第二波如何進攻了。就像享用全餐料理一樣，要像寫故事一樣井井有序。

——結果盤子上的甜點又堆積如山。

有、有什麼關係！既然是吃到飽，也沒有違反規定嘛！

首先嘗嘗剛才沒有拿的神祕黃色系點心。

名稱叫做栗子南瓜布丁。

似乎是將栗子南瓜或南瓜這種食物磨碎後混進去。我想應該是植物，但我從未聽過這兩種。難道在我的世界裡沒有嗎？

我以小湯匙舀一口，送進嘴裡。

好柔和！就像師傅大人一樣柔和！

該怎麼說呢，明明甜得很明顯，餘韻卻十分爽口，不會黏答答地殘留在嘴裡。雖然是女孩，卻有男子氣概的一面嗎？南瓜真是厲害呢。

於是我又順勢選了南瓜派這種點心。究竟是栗子南瓜還是南瓜啊，真希望命名可以統一。

這一道也很不錯！雖然真的不明白南瓜是什麼，不過很好吃！

接著是蜜地瓜。

形狀倒是相當單純，該不會唯有這一道是沉默寡言的大叔做的吧？

做得真好呢～！

口感好似花了一個小時過篩呢！真的有出於頑固大叔之手的感覺。如果放在房間裡，似乎不論多少都吃得下。

第二波攻勢的核心，則是有點高度的點心。名叫蒙布朗。

不知道是什麼意思。甚至不知道該怎麼分開念，究竟是蒙・布朗，還是蒙布・朗呢。特徵則是大方地在上頭放了一顆栗子。代表是栗子的點心吧。

放置場所的布置也很不錯，還附有說明：「必嘗的蛋糕」。從必嘗這兩個字來看，應該很美味。

我迅速以叉子叉起一口。

啊～是這樣啊～這也是溫和系的甜點嗎～

雖然口感與栗子南瓜布丁完全不一樣，不過味道同樣溫和。蜜地瓜也是一樣，可能與聖代的味道截然不同吧。

蒙布朗的奶油很溫和，所以剛才的巧克力聖代就夾在每一口之間吃吧。剛好可以中和聖代的味道。

第二波攻勢的收尾是櫻葉麻糬與糯米糰子。

麻糬或糰子這兩個詞，以前師傅大人製作「食用史萊姆」這種點心的時候也說過，的確總覺得有些相似。

選擇這兩道當作收尾的原因，是因為它們放置在後方。或許會有人覺得這個原因很扯，但還有一個很精靈的原因。

櫻葉麻糬是包裹在葉片內。可能一如名稱，是櫻花樹的葉片吧。

另外這些櫻葉麻糬似乎分為兩大流派，聽說置於該處的叫做道明寺櫻葉麻糬。我居然知道這是神殿的名稱。

雖然不太清楚，但是名稱的由來該不會是招待參拜神殿的信徒吧。

我撕開櫻葉，同時切開麻糬。

這……如果之前的點心是在菁英大道上狂奔的話，這一道就像是一步一腳印，出人頭地的辛苦人……

綜合等級和剛才的點心沒有太大的差異，但出身基礎完全不一樣。彷彿自創獨特的念書方法，最後功成名就……

不過櫻葉麻糬還十分鮮豔。畢竟是粉紅色的。

而下一道糯米糰子則是褐色的！連裝飾的意願都沒有！而且還插在竹籤上！難道屬於炸串一類的嗎？

這是以手拿起竹籤，從竹籤上拔下來食用吧。以牙齒咬著扯下來的話，竹籤有可能戳傷自己。

我拔下一顆糰子，放進嘴裡。

彈性……很強……怎麼這麼像只有防禦力高到離譜，打不贏的魔物一樣……

甜味的品質與之前的點心又不一樣……後半段還傳來些許鹹鹹甜甜的味道！

另外我也明白了等到最後才享用的原因。這一類點心應該還受到主食的歷史，而非點心的影響吧。在肚子裡相當有分量。

之後我同樣嘗遍無數點心。

光吃點心感到膩的話，就喝茶重啟口味。

一開始不習慣的這片空間，我也逐漸掌握了喔！

這時候，只見女性店員前來。

「客人，兩個小時快要到了。麻煩您準備結帳。」

「好，我知道了！」

我準備掏出錢包。

咦？

錢包不見了。

應該說在這個神祕國度內，可以使用王國的貨幣嗎？

肯定不行吧……

…………

……………………

大事不好啦！
這樣下去會被抓起來……
而且在這個神祕國度，我甚至無法證明自己的身分……
慘了。
完蛋了。
代誌大條了。
師傅大人，救救我吧……師傅大人！
我雙手互握，開始祈禱。
求求您！拯救我離開這個神祕國度吧！

◇

「——啊，太好了。醒了，她醒了。」
師傅大人的容貌出現在我面前。
「我剛才……睡著了嗎……？」
我似乎在自己房間的床上。難道剛才的一切都是夢嗎？

「哈爾卡拉，妳剛才採摘樹果，結果樹果砸中腦袋，導致妳昏了過去。雖然我立刻施放回復魔法緊急處理過，但妳沒有馬上清醒呢。」

「…………我想起來了！就是這樣，沒錯！」

之前我拜託萊卡小姐載我飛往南方，前去調查樹果。

結果掉在我頭上的樹果又大又硬，甚至顛覆了伏蘭特州精靈族的常識……應該說我在確實體會到樹果的堅硬前就暈了。

「哎呀～看妳一直沒有醒來，我有點害怕呢～心想如果妳直接轉生到異世界，可就不好笑了～」

異世界嗎？我在夢中見到的國度，的確就是異世界呢。

該不會是師傅大人以前居住過的世界？

不，沒這回事吧。畢竟如果真的是這樣，那就是上輩子了。要是轉生到那裡，就等於時間回溯，因果律之類會扭曲耶。神明才做得到這種事情吧。

哎呀……我好像還記得，遇見過氣氛像是女神的人物呢……

她好像還說過要送我回到師傅大人以前生活的時代……

似乎還說要送我到有許多可愛女孩的城鎮……

然後我一睜開眼睛，就站在名叫原宿的城鎮……在店裡付不出錢，驚慌得不知所措的時候，就從夢中醒來了。

當然，其實我分不出從哪裡到哪裡是夢境。夢的連結本來就不自然，也有可能從樹果掉下來之後的一切都是做夢。

回過神來，發現師傅大人的臉湊得好近。

「哇！有什麼事嗎！難道要給我清醒的一吻嗎！」

「想太多了。只是心想妳雖然醒來，但還在發呆，才看看妳的瞳孔有沒有睜開。」

「我現在意識很清楚，應該已經恢復了。」

於是我起身下床。沒有問題，可以用腳站立。

師傅大人輕輕拍了拍我的頭。

「嗯，似乎痊癒了呢。那麼飯也準備好了，就前往飯廳吧。」

◇

平時的家人早已聚集在飯廳內。

有萊卡小姐，以及前幾天出差時，受她照顧的芙拉托緹小姐這對龍族搭檔。還有法露法與夏露夏妹妹，以及來到我頭頂上的幽靈羅莎莉小姐。

我身旁則是一直跟在我身邊的師傅大人。
「正好到了晚餐時間呢，太好了。」
話說回來，大家都還沒開動呢。
「哈爾卡拉姊姊痊癒了呢。太好了～♪」
「哈爾卡拉小姐，恭喜妳復原。」
法露法與夏露夏姊妹都祝賀我康復。
「謝謝妳們！我才不會那麼容易沒命啦！」
「哎呀，哈爾卡拉大姊，剛才沒看見妳的靈魂，有點可怕呢……」
頭頂上的羅莎莉小姐說出有些恐怖的話……
「哈哈哈……我才不會那麼容易死翹翹……」
「還活著就好，哈爾卡拉。下次最好戴著鐵頭盔工作吧。」
芙拉托緹小姐調侃了我幾句。這也算是帶有情感的玩笑……
「哈爾卡拉小姐，要不要做一道菜紀念妳恢復呢？」
萊卡小姐真是好女孩。
「那麼吃點甜的比較好吧，我想想……好吃的甜點是……蒙布朗。」
聽到我說的話，大家都露出不解的表情。
說真的，我也不知道自己為何會說出這個詞。

難道是我在夢中吃過的點心名稱嗎？

「蒙布朗？那是什麼樣的料理呢？吾人沒有聽過……」

「反正是精靈族的料理吧。藍龍族的地區上也沒有。」

「哦～這個世界也有蒙布朗啊。咦……可是蒙布朗不是地名嗎……？難道偶然有相同地名……？」

從師傅大人的反應來看，似乎存在於某個地方。

這麼說來，那場夢境的世界真的是師傅大人以前居住的地方嗎……？

在那裡見到的也是年輕時，應該說上輩子的師傅大人……？

拜託，再怎麼說，這種事情都太離譜了……

「不好意思，剛才的取消吧！平時吃的餐點就可以了！就選正餐吧！就這樣！」

我開口掩飾自己的神祕記憶。

高原之家的正餐包括麵包、湯與沙拉，還有以香草燒烤的野豬肉。另有提供酒類給想喝酒的人。

雖然是十分平常的組合，不過營養很均衡。

「那麼今晚，同樣開動囉。」

師傅大人在吃飯時，都會雙手合十說「我開動了」。這可能是她以前居住的地區特有風俗之類。

「唔，今天的蔬菜，分量有點多……」
夏露夏妹妹面對沙拉停下了動作。
「夏露夏，必須吃下去才行喔。來，這裡有沙拉醬，用這個改變味道。或是和肉一起吃，就不會那麼在意了。」
「姊姊肯吃的話，夏露夏就吃。」
原來要將姊姊拖下水嗎？
「法露法是姊姊，所、所以當然會吃！」
法露法妹妹將沙拉塞進嘴裡。
不錯耶。純屬家人時光的感覺～
在我端詳她們的模樣時，萊卡小姐的沙拉盤已經清光了。速度會不會太快啦？而且她還優雅地喝著湯，轉眼間湯碗也一掃而光。動作優雅還能吃得這麼快啊!?
「呵呵呵，這是芙拉托緹特餐！」
芙拉托緹小姐縱向切開麵包中央，將沙拉與野豬肉夾在麵包內。改造得好像垃圾食物一樣。
「哈爾卡拉大姊，妳的手沒在動喔，不要緊吧？」
羅莎莉小姐從正上方開口。
我剛才似乎對平時的餐桌風景看得入迷。

「啊，我要吃，我要吃！我已經恢復了！是真的！」
沙拉與湯都是熟悉的味道。今天輪到師傅大人下廚。
野豬肉的調味也一如往常，以香料消除腥味。
啊……
雖然品嘗各種奇特的料理也很有趣，不過全家團圓的時間也很不錯。
在家裡吃飯既不會踩雷，也沒有成功可言。有的就是平穩。
「這樣很不錯呢，結果最後還是回到這裡來。」
「聽不懂哈爾卡拉這句話究竟是在稱讚，還是在挖苦……」
師傅大人半瞇起眼睛。
「啊！我沒有奇怪的意思！是說這是可以放鬆的滋味！」
另一方面，夏露夏妹妹一直盯著芙拉托緹小姐的吃法。
「那樣吃的話，就能以肉和麵包消除吃蔬菜的感覺。夏露夏也想試試看。」
「雖然那樣似乎不太規矩，不過為了吃蔬菜而動腦筋，媽媽可以答應。」
即使一臉苦笑，師傅大人依然稱讚夏露夏妹妹。
「妳總是想到這種不正常的方式呢……」
萊卡小姐錯愕的同時，已經吃完了所有的肉。舉止明明很優雅，速度還是很快。
「我芙拉托緹可是創意功夫的集合！和腦袋頑固的萊卡妳不一樣！」

「這不叫功夫，只是沒有禮貌而已。」
兩人鼓起臉頰並未互瞪，而是彼此凝視。
這也是司空見慣的光景。明明每天都在看，今天卻特別懷念。
「好了好了，兩人都別再吵架了。畢竟在同一個屋簷下住了這麼久，該發揮吳越同舟的精神啦。」

苦笑著開口的師傅大人，這句話再度讓我特別有印象。
應該在夢中聽過這個詞……
「啊，對喔……這句話妳們聽不懂……畢竟這裡沒有吳國與越國……」
這麼說來，難道，難道——

我真的靠女神的力量，暫時與上輩子的師傅大人相遇過了嗎!?
——或許不是這樣，而是我有夢見未來預知夢境的能力嗎!?
原來如此，徘徊在生死邊緣的時候，我覺醒了全新的力量！
會以為自己遇見女神，也是神明的啟示之類！
剛才所有的點都順利連成一線了！

終於豁然開朗，所以喝酒慶祝吧。
「哈爾卡拉，看妳喝酒真的很陶醉呢。」
師傅大人告訴我。
「因為最好喝的酒，莫過於全家用餐時喝的酒啊。」

完

☆個人筆記☆

自助式甜點

Parfait de Schally

雪莉百匯

※由於單位不一樣，所以不清楚價格

小知識：如果一直吃甜的，
有時候會突然愛睏，要小心一點……
是因為消化需要耗費能量嗎……？

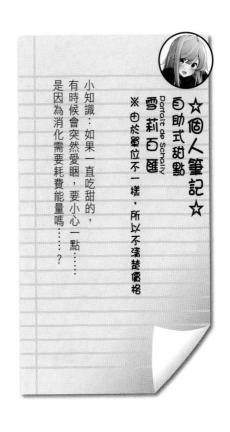

# 後記

第十集！

這個詞聽起來真是舒服呢。

大家好，我是森田季節。

不知道在多少人之間傳開，不過出到第十集是我長時間的目標之一。

因為如果沒有受到相當的歡迎，不論是小說也好，漫畫也好，要堅持到第十集是不可能的。

當然也有很多作品最好一集就完結，也有太多作品由於內容的緣故而無以為繼（例如在第一集的結尾，因為主角死了而結束之類）。不過能堅持寫出道地的十集作品，就像做夢一樣。

能走到這一步，真的多虧各位讀者的支持！雖然現在說致謝詞還太早了點，但容我先向各位道謝。真的非常感謝！

感謝光是本系列，就幫忙設計了超過二十名角色的紅緒老師。

感謝從開始出書後始終擔任責編的編輯。

還有自製ＰＯＰ、幫忙銷售的書店員工們。
真的非常感謝！

接下來還有幾件事情要通知各位，以下是內容！
首先就是下個月，九月（※〈後記〉所指時序均為日本時間）要出版別西卜的外傳小說，《持續狩獵史萊姆三百年，不知不覺就練到LV MAX外傳　持續當小公務員一千五百年，在魔王的力量下被迫擔任大臣》的書籍版囉！標題特別長，不過聽說這就是正式名稱（連我都不曾唸出這個正式名稱）。
本作在史萊姆本篇第五～第七集也收錄過。不過另外追加了與那幾篇大致上相同的全新短篇喔！
為了完全版，連已經發表過的內容都添筆潤飾喔！
當然也收錄了紅緒老師的全新插圖！
已經是完全不同的作品了！所以如果可以的話，也請讀者多多支持！
此外在同一個月，村上メイシ老師繪製的該外傳小說漫畫版第一集也要發售喔！意思是與書籍版同時發售喔！

還有還有，同一個月還要發售由シバユウスケ老師畫的本篇漫畫版第五集！本篇漫畫版的角色也愈來愈多，故事愈來愈熱鬧呢。接下來熱鬧程度應該會繼續加速，敬請各位多多指教！

漫畫版別西卜同樣在封面登場。所以九月感覺就像別西卜的慶典呢。

除此之外還有消息。

繼別西卜的外傳（曾在本書刊載過）、哈爾卡拉的外傳後，以紅龍族萊卡為主角的第三部外傳即將在手機APP「漫畫UP！」開始連載！本書出版的時候，可能已經開始連載了吧……？

標題為『紅龍女子學院』！

內容當然是「由萊卡上演的瑪○亞的凝望╳魁○塾」！萊卡唸書時代的故事！如果對內容感興趣的讀者，一定要到「漫畫UP！」上看看喔！

另外萊卡的姊姊，蕾拉也大方登場。敬請各位讀者期待本篇中幾乎沒提到（畢竟是亞梓莎的視角……），萊卡與紅龍們的關係。

附帶一提，第八集與漫畫版第三集舉辦聯合贈禮活動。根據問卷的結果，聽說本作角色最受歡迎的第一名是亞梓莎，第二名則是萊卡（另外第三名則是別西卜）。所以如果萊卡的粉絲喜歡這一次的外傳作品，身為作者也感到很高興。

敬請各位讀者透過外傳小說，欣賞有點脫線的萊卡可愛之處吧！

不只是本篇小說，各種外傳，還有漫畫版，都請各位讀者多多支持！

發表媒體的幅度愈來愈寬廣，不過基本立場上，悠哉的慢活這一點沒變，今後也會繼續下去。希望各位讀者悠哉地繼續支持。

接下來是第十一集呢。本作品的長度已經完全超越自己當初的想像了。不過我希望繼續勤勉地細水長流，別太拚命地繼續寫下去。

那麼我們在第十一集見面吧！

森田季節

浮文字

# 持續狩獵史萊姆三百年，不知不覺就練到LV MAX（10）

（原名：スライム倒して300年、知らないうちにレベルMAXになってました10）

作者／森田季節　封面插畫／紅緒　譯者／陳冠安
發行人／黃鎮隆　總經理／陳君平
經理／洪琇菁　國際版權／黃令歡
執行編輯／呂尚燁　美術總監／徐祺鈞
企劃宣傳／邱小祐
出版／城邦文化事業股份有限公司　尖端出版
台北市中山區民生東路二段一四一號十樓
電話：（〇二）二五〇〇七六〇〇　傳真：（〇二）二五〇〇二六八三
E-mail：7novels@mail2.spp.com.tw
發行／英屬蓋曼群島商家庭傳媒股份有限公司城邦分公司　尖端出版
台北市中山區民生東路二段一四一號十樓
電話：（〇二）二五〇〇―七六〇〇（代表號）
傳真：（〇二）二五〇〇―一九七九
中部以北經銷／楨彥有限公司
電話：（〇二）八九一九―三三六九
傳真：（〇二）八九一四―五五二四
雲嘉經銷／智豐圖書股份有限公司　嘉義公司
電話：（〇五）二三三―三八五二
傳真：（〇五）二三三―三八六三
南部經銷／智豐圖書股份有限公司　高雄公司
電話：（〇七）三七三―〇〇七九
傳真：（〇七）三七三―〇〇八七
一代匯集／香港九龍旺角塘尾道六十四號龍駒企業大廈十樓B&D室
電話：（八五二）二七八三―八一〇二
傳真：（八五二）二七八二―一五二九
馬新總經銷／城邦（馬新）出版集團　Cite(M)Sdn.Bhd.
E-mail：Cite@cite.com.my
法律顧問／王子文律師　元禾法律事務所
台北市羅斯福路三段三十七號十五樓
二〇二一年六月一版一刷



■中文版■

郵購注意事項：
1. 填妥劃撥單資料：帳號：50003021戶名：英屬蓋曼群島商家庭傳媒(股)公司城邦分公司。2. 通信欄內註明訂購書名與冊數。3. 劃撥金額低於500元，請加附掛號郵資50元。如劃撥日起 10～14日，仍未收到書時，請洽劃撥組。劃撥專線TEL：(03) 312-4212 ・ FAX：(03) 322-4621。E-mail：marketing@spp.com.tw

## 國家圖書館出版品預行編目資料

持續狩獵史萊姆三百年，不知不覺就練到LV MAX(10) /
森田季節著 ； 陳冠安 譯.--1版.
--臺北市：尖端出版, 2021.06 面 ； 公分.--(浮文字)
譯自:スライム倒して300年、
知らないうちにレベルMAXになってました10
ISBN 978-957-10-9999-6(第10冊：平裝)

861.57 110004643